小学館文庫

死ぬがよく候〈四〉

颪

坂岡 真

小学館

目次

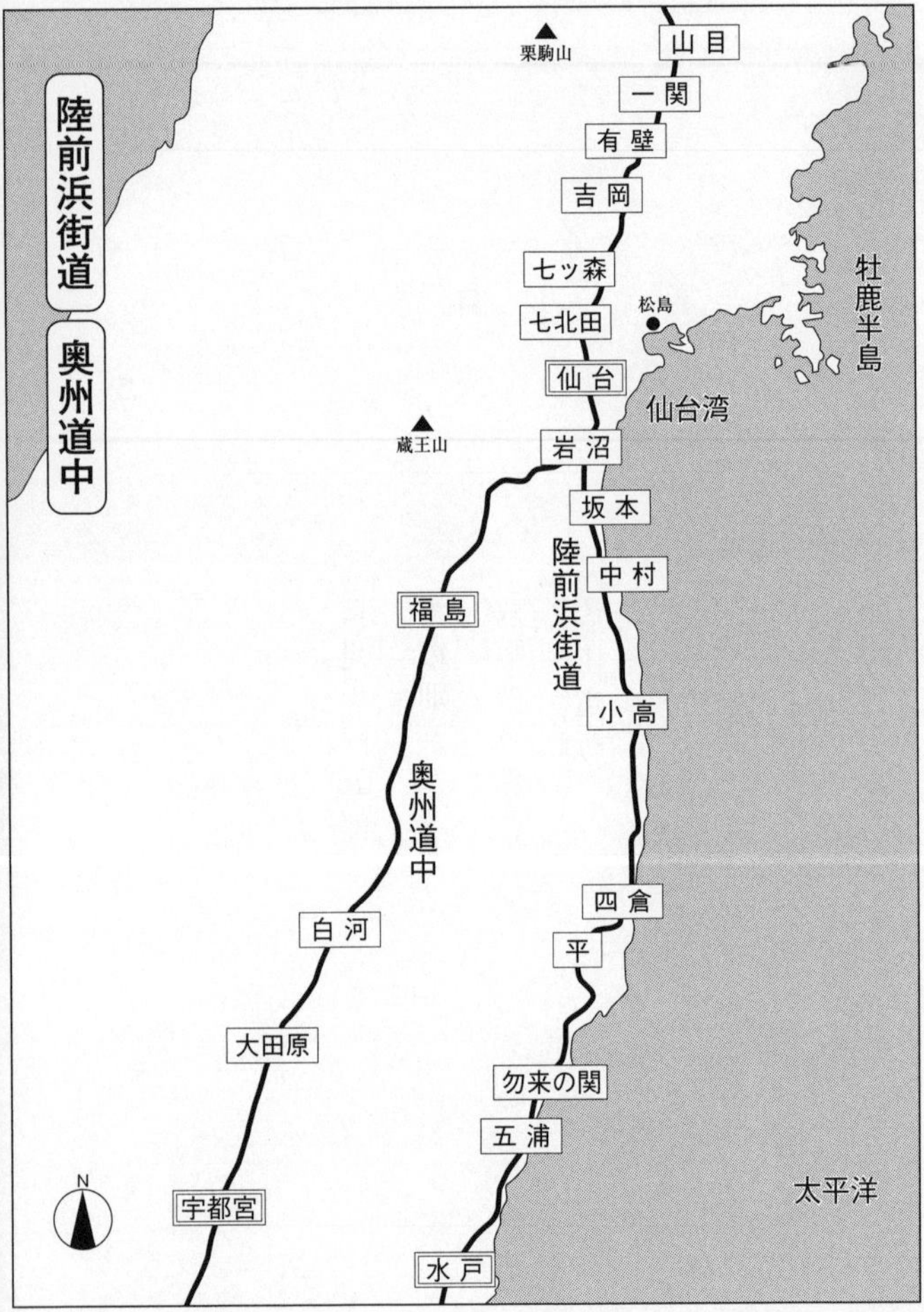

陸前浜街道
奥州道中
栗駒山
山目
一関
有壁
吉岡
七ッ森
七北田
松島
牡鹿半島
仙台
仙台湾
蔵王山
岩沼
坂本
中村
陸前浜街道
福島
小高
奥州道中
四倉
白河
平
大田原
勿来の関
五浦
N
宇都宮
太平洋
水戸

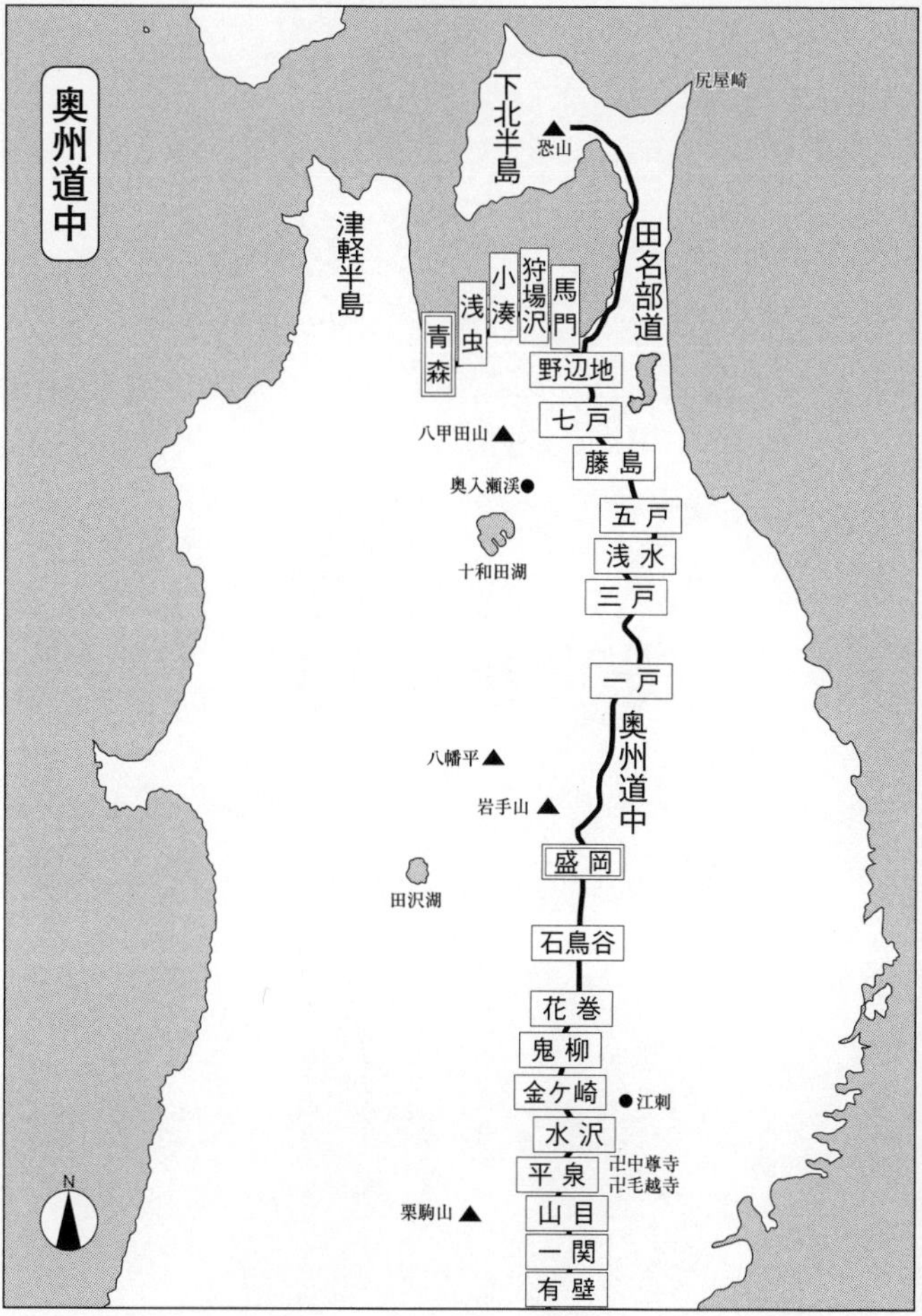

奥州道中
下北半島
尻屋崎
恐山
津軽半島
田名部道
狩場沢
小湊
馬門
浅虫
青森
野辺地
七戸
八甲田山
藤島
奥入瀬渓
五戸
十和田湖
浅水
三戸
一戸
奥州道中
八幡平
岩手山
盛岡
田沢湖
石鳥谷
花巻
鬼柳
金ケ崎
江刺
水沢
平泉
中尊寺
毛越寺
栗駒山
山目
一関
有壁
N

死ぬがよく候〈四〉

風

百足《むかで》の陣五郎《じんごろう》

天保《てんぽう》十一年　師走《しわす》

一

丸い月が凍《い》てつく夜空を照らしている。

まるで、血走った眼球のような赤い月だ。

「ちくしょう、おれとしたことが」

卯之吉《うのきち》はふらつきながらも、朽《く》ちかけた祠《ほこら》のそばまでたどりついた。

左肩に深い金瘡《きず》を負っている。

御竹蔵のそばにある盗人宿《ぬすっとやど》を張りこんでいたところ、覆面の侍に背後からばっさり斬《き》られた。

侍は悪党どもの仲間にまちがいなかった。

双眸《そうぼう》は赤く濁り、獣の臭気を放っていた。

あの場から逃れられたのは、奇蹟《きせき》というよりほかにない。

雪道に垂れた血痕《けっこん》が、道標《みちしるべ》のように点々と繋《つな》がっている。

「くたばってたまるかよ」

気を抜けば、意識は遠のいていく。

おれはまだ死にたくねえ。女房も子供もいる。娘のおちよはまだ十になったばかりだ。死にたくねえ。

そうやって胸の裡《うち》に叫びつづけても、救ってくれる者はいない。

血だらけの掌《て》で懐中をまさぐった。

握ったのは十手《じって》ではなく、娘の土産《みやげ》に買った三角の匂《にお》い袋だ。

ぽとりと、匂い袋が足許《あしもと》に落ちた。

落としたのも気づかずに、祠の観音扉を押しあける。

「誰《だれ》か、誰かいねえか」

人気《ひとけ》はない。どうやら、当てが外れたらしい。

本所の撞木堂《しゅもくどう》は夜鷹《よたか》の溜《た》まり場だけに、真夜中でも走り使いを頼める女のひとりくらいはみつかるとおもった。

「もう……だめだ」

卯之吉は黴臭《かびくさ》い祠の板間に這《は》いあがり、内から観音扉を閉めた。

暗く冷たい床のうえに身を横たえ、じっと目を瞑《つむ》る。

肩の金瘡が疼《うず》いて仕方ない。

浅草の閻魔《えんま》堂で眺めた地獄絵が、ぽっと頭に浮かんだ。

「誰かが言ってたな」

あれは陸奥《みちのく》の最涯《さいは》てにある恐山《おそれざん》の景色だって聞かされたことがある。

「恐山か」

卯之吉は身震いした。

赤い双眸の男が呪文のように囁《ささや》いた台詞《せりふ》が脳裏に蘇《よみがえ》ってくる。

――陸奥の湖深く、沈みたるひと振りの宝剣あり。宝剣を携えし者は人にあらず、毘《び》沙門天《しやもんてん》の化身にしてこの世を統《す》べる覇王なり。蓬萊山《ほうらいさん》の麓《ふもと》より来たりし白き粉を吸い、すべての縛《いまし》めから解きはなたれよ。宝剣を掲げ、屍骸《むくろ》の山を築くのだ。

意味はよくわからぬが、胸に刻まれた禍々《まがまが》しいことばをおもいだすうちに、こめかみがどくどく脈打ってきた。

遠くに聞こえるのは、追っ手の跫音《あしおと》であろうか。

「ちくしょうめ」

気力を振りしぼり、卯之吉は祠から抜けだした。

撞木堂の裏手には、横《よこ》川と竪《たて》川が十字に流れている。

南岸の菊川町《きくかわ》へは、北辻橋《きたつじ》、新辻橋、南辻橋からなる撞木橋をコの字に渡っていかねばならない。

菊川町から武家地を斜めに突っきり、小名木川《おなぎ》を越えて永代橋《えいたい》まで歩めば、深川佐《ふかがわさ》賀《が》町の油堀《あぶらぼり》まで帰りつくことはできる。

卯之吉は、温かい味噌汁《みそしる》の味をおもいだした。

だが、今夜ばかりは家へたどりつく自信がない。

「ちょいと、おにいさん」

横合いから声を掛けられ、ぎくりとする。

菰《こも》を抱えた白塗りの女が、怪訝《けげん》な顔をしてみせた。

「恐《こわ》いお顔だこと。それに、死人みたいに真っ青だよ」

地獄に仏とはこのことか。

「お、おめえ……夜鷹だな」

「そうだよ、みてのとおりのね」

「ことづてを、頼まれてくれねえか……か、金ならやる。ほら、ここに一朱ある」

「ふうん」

夜鷹は流し目をおくってきた。

「ことづてのお相手は」

「北町の遠山《とおやま》さま」

「遠山さまって、御奉行さまのことかい」

「そうだ」

「からかうんじゃないよ」

「からかっちゃいねえさ」

「あんた、御用聞きかい」

「おれは、油堀の卯之吉ってもんだ……む、百足《むかで》野郎の狙《ねら》いは鎌倉河岸《かまくらがし》の蝦夷屋《えぞや》、押しこみは晦日《みそか》の晩……そ、そいつを、御奉行さまに伝えてくれ……た、たのむ。後生だ」

「十手持ちはあたしらの天敵だよ。いつもいじめられてんだ、虫けらみたいにね」

「わかってる……そ、そこをなんとか」

「あんた怪我《けが》をしていなさるね。でも、無理なもんは無理だよ」

「どうしてもか」

「わるくおもわないでおくれ」

夜鷹は手拭《てぬぐ》いで顔を隠し、つつっと離れていった。

卯之吉はがっくり膝《ひざ》をつく。

「くそったれ」

それでも必死に立ちあがり、土手際の小屋に近づいた。
藁《わら》屋根は雪に覆われ、今にも潰《つぶ》れそうだ。
強烈に臭い。
「雪隠《せっちん》か」
隠れるにはちょうどよい。
卯之吉は裏手にまわり、腰まで隠れる板戸を開いた。
溜《ため》をまたぎ、膝を抱えて屈《かが》みこむ。
震えを止めるべく、必死に歯を食いしばった。
歯はかちかち音を起《た》て、いっこうに鳴りやまない。
板戸の陰から空を仰げば、赤い月が浮かんでいた。
不吉な月だ。
震えているのは寒さのせいばかりではない。
卯之吉は死の恐怖に脅《おび》えている。
水を打ったような静けさが恐怖を煽《あお》りたてた。
――ぎぎっ。
何者かが撞木堂の観音扉を開けた。
夜鷹であってくれと、卯之吉は祈った。

雪を踏む跫音が、ゆっくり近づいてくる。
来た。まちげえねえ、あの野郎だ。
来るな、来ねえでくれ。
必死に祈りつづけた。
――じゃじゃん、じゃじゃじゃん。
突如、半鐘が鳴りだす。
「火事だ」
遠くで誰かが叫んだ。
暗い空が仄《ほの》かに赤味を帯びている。
まるで、赤い月が闇《やみ》に溶けだしたかのようだ。
火元は近い。相生《あいおい》町か。
額《ひたい》に膏汗《あぶらあせ》が滲《にじ》んできた。
半鐘はすぐさま、滅多打ちの早鐘《はやがね》に変わった。
「ふふ、そこに隠れておったか……」
地の底から、男の声が響いてくる。
「……十間《けん》さきからでも脅えは伝わってくるぞ。ほれ、落とし物だ」
板戸の向こうから、何かが投げてよこされた。

三角の匂い袋だ。

卯之吉は匂い袋を拾い、声も出さずに泣いた。

「……お、おちよ」

刹那《せつな》、板戸がまっぷたつに断たれた。

六尺余りの大男が剛刀を握っている。

反りの深い剛刀だ。

顔つきは判然としない。

双眸だけが赤く、炯々《けいけい》と光っていた。

「ふぇええ」

卯之吉は言い知れぬ恐怖に駆られ、声をかぎりに叫んだ。

男は腰をゆったり沈め、中段突きの構えをとる。

「ふん」

剛刀の先端が、びゅんと伸びた。

「ぬひゃっ」

卯之吉は瞠目《どうもく》したまま、ぴくりとも動かない。

鋭利な鋼《はがね》は首根に食いこみ、後ろへ突きぬけていた。

「ぬぐ、ぐぐ……」

血飛沫《ちしぶき》がほとばしり、生温かい雨となって降りそそぐ。

おれの血か。

鮮血は黒い渦となり、卯之吉を瞬時に呑《の》みこんだ。

二

武家や商家では煤《すす》払いも終わり、深川の永代寺門前では歳《とし》の市がはじまった。

油堀に面した一色《いっしき》町の棟割《むねわり》長屋には、餅《もち》つきの勇ましい掛け声が響いている。

嬶《かか》ァどもは井戸端に集まり、なにやら暗い顔で噂《うわさ》話をしていた。

「ご存じかい。油堀の親分さんがむごい殺され方をしたんだって」

「撞木堂裏の雪隠に首を突っこんで死んだらしいよ」

「あたしゃね、糞《くそ》まみれの首が溜からみつかったって聞いたよ」

「むごいはなしだねえ。親分さんにゃ十の娘がいなさる」

「可哀想に」

「相生町のほら、俵物《たわらもの》をあつかう奥州《おうしゅう》屋《や》さんが火事になったろう。それと関わりがあるんじゃないかってね、もっぱらの噂だよ」

「奥州屋さんもひどい目に遭ったもんだ。家族七人が柱に縛りつけられ、生きながらに焼かれたそうじゃないか」


「蔵から千両箱がいくつも盗まれたんだって」

「盗んだら火を付ける。それが百足小僧の手口さ。先月も日本橋の大店《おおだな》が灰になったしね」

「なのに、下手人《げしゅにん》の尻尾《しっぽ》も捕まえられないとはね、お上《かみ》は何をやってんだか」

「しっ、声が大きいよ」

嬶ァどもが口を噤《つぐ》んだところへ、大柄の浪人者がのっそりあらわれた。

丈は六尺を超え、横幅もある。

「ひっ」

嬶ァのひとりが仰《の》けぞり、鉄漿《おはぐろ》の歯を剝《む》いた。

「すまぬが水を貰《もら》うぞ」

男の風貌《ふうぼう》は異様だ。眉《まゆ》は一本に繋がり、ぎょろりと剝いた双眸は血走っている。鼻は天狗《てんぐ》なみに長太く、顔の右半分はあおぐろく変色していた。火傷《やけど》のようだが、古傷ではない。

浪人は釣瓶《つるべ》を操り、桶《おけ》に水を汲《く》んだ。

嬶ァどもはぴくりとも動かず、男が去るのを待った。

この界隈《かいわい》は網打場《あみうちば》と呼ばれる安価な岡場所に接し、長屋の住人も色街で働く者が多い。どぶの悪臭と安化粧の匂いが混じりあい、迷いこんだ連中はかならず顔をしかめる。そうした場所に何年も居座り、滅多なことでは驚かない婢ァたちも、浪人のことは心から恐がっていた。

「あれが『卒都浜《そとはま》』の番犬かい」

「そうさ、四年前までは不浄役人だったらしいよ」

「へえ、それが今はあれかい。落ちぶれたもんだねえ」

嘲笑《ちようしよう》を背中で聞きながら、伊坂八郎兵衛《いさかはちろべえ》は薄汚れた部屋へ戻った。

土間に立ったまま桶をかたむけ、ごくごく喉《のど》を鳴らして水を呑《の》む。

百姓から安く分けてもらった大根を洗い、包丁で器用に皮を剝いて味噌を塗り、がりっと齧《かじ》った。

畳に信楽焼《しがらきやき》の一升徳利が転がっている。

「くそっ」

死ぬほど酒が欲しい。

人を斬ってでも酒が呑みたいと、おもうことがある。

酒を切らすと手が震えてくる。今朝は平気だ。金もある。空《から》の一升徳利を提げ、酒屋へ足をはこべばよいだけのことだが、それも面倒臭い。

仕方なく水を呑み、大根を齧る。

これでも「南町の虎」と呼ばれ、悪党に恐れられた男だった。

定町廻《まわ》りを十年余りつとめ、町奉行の密命で動く隠密《おんみつ》廻りも五年ほどやった。

辻《つじ》斬りに火付けに強盗と重罪人を片端から捕縛し、獄門台へ送りこんだ。数々の手柄を立て、上役に尻《しり》を叩《たた》かれては馬車馬のように働き、手柄取りに奔走した。

悪人だけではない。一揆《いっき》を企てた罪で百姓も捕らえた。獄門台へ送った者もある。刑場を囲む柵《さく》のそばで、襤褸《ぼろ》を着た女房と幼子が「お情けを、お情けを」と泣きさけんでいた。

十手を笠《かさ》に着た弱い者いじめだと、貧乏人たちからは陰口を叩かれた。

居たたまれなくなり、酒に溺《おぼ》れた。居酒屋では何度も喧嘩《けんか》沙汰《ざた》をおこし、あげくのはてには酒席で吟味《ぎんみ》方《かた》与力を罵倒《ばとう》した。

「田所《たどころ》 采女《うねめ》」

忘れもしない。それが罵倒した与力の名だ。

上には諂《へつら》い、下には厳しい。あまつさえ、江戸の治安を守るという大義を忘れ、保身のみに心血を注ぐ。

そんな田所に向かって、日頃の憤懣《ふんまん》をぶちまけてやった。

悔いはない。が、代償は大きかった。

陰に日向《ひなた》に意地悪をされ、南町奉行所に居場所がなくなった。しかも、折悪《あ》しく朋輩の不正を知ることとなり、胃袋がねじきれるほど悩んだあげく、親しかった朋輩を斬った。そして、失意のうちに江戸を捨てたのだ。

忘れもしない。四年前のうそ寒い秋の夕まぐれ、打飼《うちが》いひとつ背負って東海道《とうかいどう》の旅路についた。

「とことん運《ツキ》がなかったな」

八郎兵衛は畳に寝転がり、煤けた天井の木目を目で追った。

おもいだす。

道中の旅籠《はたご》で枕探《まくらさが》しに遭い、路銀をそっくり盗まれた。京の廓《くるわ》では狐《きつね》目の端女郎《はしじょろう》に騙《だま》され、無実の罪で三条河原に晒《さら》された。

運がない。

それが自分の人生だとおもった。

三条河原に晒されているころ、大坂の天神橋では武装した数百人の一団と捕り方どもが対峙《たいじ》していた。

大塩平八郎《おおしおへいはちろう》の乱である。

「立派な男だ、大塩は」

叛乱《はんらん》を主導した大塩は大坂町奉行所の与力だった。

四年余りつづいた未曾有《みぞう》の飢饉《ききん》により、大坂でも多くの餓死者が出ていた。大塩は町奉行所の無為無策を嘆き、幾度となく東町奉行の跡部山城守《あとべやましろのかみ》良弼《よしすけ》宛に建白書《けんぱくしょ》を上申した。が、聞きいれられず、満を持して挙兵に走った。同志のなかには与力や同心もふくまれ、大塩の決起は百姓町人に広く支持された。

だが、前代未聞の「壮挙」は半日で鎮圧され、叛乱に関わった者たちはつぎつぎに捕縛された。

大塩父子《おやこ》も逃げきれず、仕舞いには隠れ家に放火して自決をはかった。爆死したとも伝えられている。大塩党への裁きは翌年の夏までもちこされ、塩漬けにされた父子の死体もふくめて磔《はりつけ》刑の沙汰を受けた者は十九名、その他七百五十有余名が処罰された。

「大塩は偉い」

と、八郎兵衛はつくづくおもう。

反骨魂を発揮し、幕府に牙《きば》を剝いてみせた。

鎮圧されはしたものの、幕閣のお偉方に猛省を促した。

くらべたくもないが、田所采女のごとき輩《やから》とは人間のできがちがう。

大塩のもとで働いてみたかったと、今でもおもう。

決起を知っていれば、馳《は》せさんじていたかもしれぬ。

が、今さら何をほざいても後の祭りだ。

京を逐《お》われ、近江《おうみ》路から越前、加賀、能登半島と経巡り、北国街道に沿って越中、越後へと足を延ばし、流人とともに佐渡へも渡った。そして何の因果か、世間を騒がす霞《かすみ》の丑松《うしまつ》という盗人の情婦に惚《ほ》れ、江戸をめざす地獄の道行《みちゆき》に付きあわされるはめになった。

――丑松を殺してほしい。

おきくという情婦の頼みを受けいれたのだ。

丑松はおきくと八郎兵衛をつけ狙い、つぎつぎに刺客を差しむけてきた。手強《てごわ》い刺客を葬りつつ善光寺《ぜんこうじ》街道を信州へ、富岡下仁田《しもにた》街道から上州を突っきり、中山道《なかせんどう》の板橋宿へたどりついた。板橋の上宿《かみしゅく》では、悪事の黒幕であった勘定奉行が七曲がりの罠《わな》を仕掛けて待っていた。

八郎兵衛は罠を突破してみせたが、愛《いと》しいおきくを失ってしまった。

顔の火傷はそのときの傷だ。おきくとの思い出がそうであるように、死ぬまで消えずに残りつづけることだろう。

八郎兵衛はひとりだけ生きのこり、三年ぶりに江戸へ戻った。

長居する気は毛頭なかったが、おきくの幻影から逃れられぬままに一年と四月《よつき》を過ごした。

居場所を転々と移り、行く先々で胡乱《うろん》な眼差《まなざ》しを浴びた。

一色町へ越してきたのは、霜月《しもつき》になってからのことだ。

稼ぎ口はある。たまさか知りあった金四郎《きんしろう》という遊び人の口利《くちき》きで、表櫓《おもてやぐら》にある茶屋の用心棒に雇ってもらった。

強面《こわもて》の薄汚い浪人なぞ、本来は誰も雇ってくれない。運良く口をみつけても周囲と折りあわず、三日でお払い箱になることが多かった。が、なぜか『卒都浜』の主人からは気に入られていた。

主人の長治《ちょうじ》には、一宿一飯の恩義以上の借りがある。

茶屋には厄介な酔客や素姓の怪しい連中もけっこう訪れた。

長治からは「恐い顔で睨《にら》みを利かしてくれるだけで充分だ」と告げられていた。

ゆえに、手荒なことはしておらず、居合技もまだ披露していない。

申し訳ないので、日がな一日薪《まき》を割って過ごしている。

おかげで、二の腕は衰えるどころか隆々としていた。

正直なところ、この世に未練はない。

いつなりとでも、死ぬ覚悟はできている。

誰かのために死ぬことができれば本望だが、贅沢《ぜいたく》は言うまい。

それにしても、人とはわがままな生き物だ。生きていれば腹が減る。生きているかぎりは食わねばならぬ。だから、薪を割りつづける。おかげで飯は食えるし、酒も呑めた。

長治には、おはつという年頃の娘があった。

性分のまっすぐな娘で、みているだけで元気になる。

父娘《おやこ》の温かみに触れると、生きていく希望のようなものも湧《わ》いてきた。

「いや、いかん」

希望など持ってはいかん。

八郎兵衛は苦い顔で大根を齧った。

金輪際《こんりんざい》、過去をおもいだすのはやめよう。

と、そこへ。

若い男が顔をみせた。

「ごめんなすって」

尻を端折《はしよ》っている。

名は俵太《ひょうた》、卒都浜の若い衆《わかいし》だ。

「先生、ちょいと茶屋へ顔を出していただけやせんかね。へへ、厄介な客がおりやすもんで」

ひとつ腕前を験《ため》してやろう。そんな下心がみえた。

俵太は拗《す》ねた男だ。八郎兵衛を野良犬と決めつけ、まわりの連中にも「見かけ倒しにきまってらあ」と吹聴している。

八郎兵衛は黙って腰をあげ、無骨な黒鞘《くろざや》に納まった大小を帯に差した。

三

一色町から表櫓は目と鼻のさきだ。

木橋をふたつほど渡ると、堀留の向こうに火の見櫓がみえてくる。

櫓よりも目立つのが一の鳥居で、鳥居下の門前大路に沿って二階建ての楼閣《ろうかく》が並んでいる。

それが表櫓と呼ばれる茶屋街であった。

深川七場所と称される岡場所のなかでも、仲町《なか》に次いで格式が高い。吉原《よしわら》の客がごっそり減る原因《もと》になった辰巳《たつみ》芸者の根城だ。

「先生、こちらですぜ」

八郎兵衛は俵太に連れられ、奥の大階段から二階へあがった。

廊下のさきに人が集まり、固唾《かたず》を呑みながら奥座敷をみつめている。

八郎兵衛を目敏《めざと》くみつけ、主人の長治が太鼓腹を揺すって飛んできた。

「伊坂さま、お待ちしておりましたぞ。客のなかに困ったのがひとり紛れこんでおりましてな」

　酔った月代侍《さかやき》が芸妓《げいこ》を人質に取り、座敷に立てこもってしまった。

「取籠《とりこもり》か。侍の素姓は」

「なんでも、弘前藩津軽家《ひろさきつがる》の馬廻り役《うままわ》だとか。たぶん嘘《うそ》でしょう。いくら酒に酔うたからといって、勤番侍のしかも馬廻り役ともあろう御仁《ごじん》がかような無体な真似《まね》をするはずはない」

「要求は」

「別れた女房を呼べと、わけのわからぬことを抜かしております」

「別れた女房を」

「ええ、目を赤く腫《は》らしながら赤子のようにわめいておりましてな、なにやら事情《わけ》ありのようだが、こちとら知ったこっちゃない。どっちにしろ、こうしたことはわたしらで始末をつけにゃなりません。不浄役人を呼べば恩に着せられ、あとあと面倒なことになる」

「ご主人」

「はい」

「畳を汚しても構わぬか」

「できれば、避けていただきたいものですな」

長治の眸子《まなこ》が狡賢《ずるがしこ》く光った。

俵太と同様、技倆《ぎりょう》を験すつもりなのか。

「お、そうだ。人質に取られた妓《こ》ですが、伊坂さまもよくご存じの菊之助《きくのすけ》にござりますよ」

「なに」

権兵衛名《ごんべえな》を菊之助と称する芸妓は、恩のある金四郎が馴染《なじ》みにしている女だ。ふっくらした色白の年増《としま》で、いつも親しげに声を掛けてくれる。

「では、伊坂さま」

長治に促され、八郎兵衛は二間《ふたま》つづきの座敷へ踏みこんだ。

野次馬は用心棒の登場に目を瞠《みは》り、かぶりつきの席を占めようと争う。

肝心の迷惑男は菊之助を左腕に抱きよせ、床の間を背にして胡座《あぐら》を掻《か》いていた。

八郎兵衛は鴨居《かもい》をくぐったところで足を止める。

「寄るな、寄るな」

髷《まげ》の曲がった優男《やさおとこ》が、真っ赤な顔で吼《ほ》えたてた。

菊之助は髪も着物も乱れ、息継ぎも苦しそうだ。

汗ばんだ首筋に、大刀の刃《やいば》をあてがわれている。

「一歩でも近づいてみろ。妓《おんな》を斬るぞ」

優男は眸子を三角に吊りあげた。最初《はな》からやる気で登楼したのか、それとも酒に酔ったはずみでこうなったのか、憶測しても詮無《せんな》いことだ。

ともあれ、菊之助を救わねばならぬ。

八郎兵衛は何気ない調子で尋ねてみた。

「おぬし、別れた女房を呼んでどうする」

「斬る」

「ほう、なぜ」

「梅《うめ》はわしを、わしを裏切った」

「妻女は梅と申すのか」

「そうだ。亀戸《かめいど》天神の梅か、津軽屋敷の梅か、とまで称された縹緻良《きりょうよ》しでな、あまりの可憐《かれん》さゆえに大殿の目に止まったのよ」

「大殿」

陸奥《むつ》弘前藩十万石、津軽家第十代当主、信順《のぶゆき》のことらしい。

御三卿《ごさんきょう》田安《たやす》家の姫を正室に迎えいれ、一事が万事派手好みで、将軍家斉《いえなり》の位階《いかい》昇進祝賀の際には貴人にしか許されぬ轅《ながえ》を用いて登城したがために逼塞《ひっそく》を命じられた。「夜鷹殿さま」と綽名《あだな》されるほど遊興行状が甚《はなは》だしく、ついに昨年、幕府から問責を受けて隠居に追いこまれていた。

津軽家の現当主は、養子の順承《ゆきつぐ》である。先代の冗費《じょうひ》累積による借財を返済すべく、諸費の節約や荒田の復興を推進するなどの再建策を講じているとも聞く。

一方、信順は亀戸天神裏の下屋敷に居座り、あいもかわらず遊興三昧《ざんまい》の日々を送っているというのがもっぱらの噂だった。

梅という妻女も、おおかた無理矢理に献上させられた口であろう。

自暴自棄《じぼうじき》になった男の胸中もわからぬではないが、よく聞けば男は妻女を献上することで念願の馬廻り役となったらしかった。

「それならば自業自得、妻女を斬る理由はなかろう」

「うるさい。お役など返上したわ」

それどころか、男は弘前藩を脱藩してきたという。

出世のために妻を献上した侍なぞ、生きる価値もない。

周囲から白い目でみられ、藩邸に居づらくなったのだ。

八郎兵衛は、わずかに心を動かされた。

痛みを抱えた者の気持ちが手に取るようにわかるからだ。

「おぬし、なぜ、妻女に裏切られたなどと申す」

「梅は約束した。わしと別れるくらいなら舌を噛《か》むとな。さればよ、大殿の褥《しとね》でみご

と舌嚙みきって死んでみせるのが、武士の妻ではないか。梅はそうしなかった。梅の

死にざまをたしかめ、わしも死ぬ気でおったに」

「女々《めめ》しいのう」

「なんとでも言え」

「おぬし、名は」

「葛巻伊織《くずまきいおり》。そっちは」

「伊坂八郎兵衛」

葛巻は目を細め、嘲笑する。

「茶屋の番犬か」

「まあ、そうだ」

「拙者《せつしゃ》を斬るか」

「ここで斬りたくはない」

「どうして」

「畳が汚れる」

諭《さと》すように言うと、葛巻は眉間《みけん》に青筋を立てた。

「嘗《な》めおって。拙者は小野派《おのは》一刀流《いつとうりゆう》の免許皆伝ぞ」

「ふん、さようか」

「おぬしも茶屋の用心棒に雇われたからには、腕に自信があるのだろう」

「自信か。ひさしぶりに聞いたことばだな」

「拙者にはわかる。おぬしは人を斬ったことがある。それも十指に余るほどな」

「葛巻よ、わしのことはどうでもよい。芸妓を放したらどうだ。関わりのない者を巻きこむな」

「このおなごは拙者を存分に癒《いや》してくれた。ふふ、道連れにはちょうどよい。のう、菊之助」

ふいに水を向けられ、菊之助は頑《かたく》なに目を閉じた。

歯の根も合わせられぬほど、震えている。

「可哀想に。葛巻よ、死ぬならひとりで死ね」

「それも考えたがな、いざ死ぬとなると淋《さみ》しゅうてたまらぬ。この菊之助と三途《さんず》の川を渡りたくなったのよ」

「それこそ、妻女への裏切りではないのか」

「黙れ」

「おぬしは酔うておる。酔うた男は三途の川を渡れぬぞ。途中で溺れ、永遠にもがきくるしむのだ」

「まことか」

葛巻の情けない面《つら》をみつめ、八郎兵衛は淡々とつづける。

「ああ、岸にあがろうとしてもな、奪衣婆《だつえば》に蹴《け》りおとされるのよ。わるいことは言わぬ。菊之助を放してやれ」

葛巻はじっと考え、薄気味悪く笑った。

「ふふ、その手には乗らぬぞ」

「されば、わしを斬ってみよ」

「なに」

「おぬしの見込みどおり、わしはこれまでに人を斬りすぎた。修羅《しゅら》道を歩むのにもほとほと疲れたわい。おぬしの刀で冥途《めいど》へ送ってくれ」

「おもしろい」

葛巻の白刃《はくじん》が、菊之助の首筋から離れた。

一瞬の間隙《かんげき》を衝《つ》き、八郎兵衛は笄《こうがい》を投げる。

「うっ」

笄は空を裂き、葛巻の眼球に刺さった。

「逃げよ」

八郎兵衛の声に反応し、菊之助が畳を転がる。

「……ま、待て」

葛巻は右目から鉾を引きぬき、菊之助の裾《すそ》を摑《つか》んだ。

「そいっ」

刹那、厚重ねの剛刀が振りおろされた。

「ふぇ……っ」

鮮血がほとばしり、葛巻の左腕が畳に落ちる。

「くわああ」

葛巻は右手一本になりながらも、斬りかかってくる。

八郎兵衛は受けながし、小手《こて》を狙った。

「ぎぇっ」

峰に返した刀身が、右甲を粉砕する。

葛巻は血の海に這いつくばり、必死の形相《ぎょうそう》で懇願した。

「……と、とどめを……た、たのむ。とどめを」

八郎兵衛は応じず、ぶんと血を切って本身を鞘に納めた。

「きゃああ」

われにかえった菊之助が、帛《きぬ》を裂くような悲鳴をあげる。

喧嘩装束で固めた若い衆が、どっと踏みこんできた。

野次馬どもを掻きわけ、八郎兵衛は廊下に出る。

「伊坂さま」

蒼褪《あおざ》めた顔の長治に呼びとめられた。

「凄腕《すごうで》にございますな。さすがは百人斬りの旦那《だんな》」

「ん、どこでそれを」

「金四郎さんが、そっと教えてくれたのですよ」

「畳を汚して申し訳なかったな」

「ようございますとも。さ、これを」

小判を摑まされた。

「なんだ、これは」

「菊之助を救っていただいた御礼ですよ」

「されば、遠慮なく頂戴《ちょうだい》しよう。ところで、あの元馬廻り役はどうする」

「とりあえず手当てをし、あとのことは考えましょう」

「そうしてやってくれ」

八郎兵衛のことばに、長治は首をかしげる。

「いっそ、ひとおもいに死なせてやったほうが幸せだったかも」

「幸せであろうとなかろうと、あの男は生きねばならぬ。痛みを抱えつつ生きながらえ、みずからがこの世に生まれた意味を問いつづけねばならぬ」

「そんなもんですかねえ」

長治は深々と溜息《ためいき》を吐《つ》いた。

八郎兵衛は人生の意味など知らぬ。問うたこともない。

なぜ、葛巻伊織を生かしたのか、それすらもはっきりしない。

おのれの背負った罪業を少しでも減らそうとおもったのだろうか。

「……うう、恨《うら》んでやる。死んでもおぬしを、恨みつづけてやる」

葛巻の慟哭《どうこく》に耳をふさぎ、八郎兵衛は奈落《ならく》へつづく大階段を下りはじめた。

四

正月飾りの仕度も整った十日後、八郎兵衛は『卒都浜』へ呼びだされた。

一階の客間で長治を待っていると、十八になる一人娘のおはつが顔をみせた。

若い衆を大勢抱えた茶屋の娘だけあって、おはつは物怖《お》じしない。いつも好奇心で目をきらきらさせており、強面の八郎兵衛にも気軽な調子で声を掛ける。

「菊之助姐《ねえ》さんが感謝していたよ」

「そうかい」

「おとっつあんの見込みどおり、おまえさまは強いお人だった。いつもみていたのさ。

おまえさまが薪を割る後ろ姿をね」

おはつは戸口に立ち、上目遣いに喋《しゃべ》っている。

細身だが胸は豊かで、時折、誘うように朱唇《くちびる》を嘗めてみせた。

噂では、何人かの若い衆が弄《もてあそ》ばれ、ぽいと捨てられたらしい。

長治によれば「さかりのついたじゃじゃ馬」だというが、雪解けのころに日本橋の大店へ嫁ぐことがきまっていた。

「姐さんに聞いたよ。おまえさまは秋風の吹く大川《おおかわ》に小舟を浮かべ、季節はずれの花火を打ちあげていた。花火は二寸玉だったけど、夜空に可憐な菊の花を咲かせた。惚れた女に手向《たむ》けるためか、ぽんと咲いたは菊の花……おまえさまは女を追って死のうとした。そいつはほんとうかい」

「むかしのことは忘れた」

「たった一年と四月前のはなしじゃないか。おまえさまは惚れてはいけない女に惚れた。そうなんだろう」

「つまらぬことを穿鑿《せんさく》するな」

「わたしもそうなりたい。男に死ぬほどのおもいで惚れられてみたい」

大店に片づいてしまえば、燃えるような恋は体験できまい。できることなら、すんなり片づきたくはないのだとでも言いたげに、おはつは瞳《ひとみ》をかがやかせる。

「不浄役人だったのかい。どうして辞めちまったのさ」

「忘れたな。そいつもむかしのはなしだ」

「暖簾《のれん》に腕押しだね。いいさ、ひとつ、おもしろいはなしを教えたげる。うちのおとっつあんはね、陸奥の善知鳥《うとう》という鄙《ひな》に生まれた。南部桐《なんぶきり》の売買で儲《もう》け、その稼ぎをもとに深川で卒都浜をはじめたことになっているけど、じつはちがうんだよ。そのむかしは、屋尻切《やじりき》りの長治と呼ばれた盗人だったのさ。まちがいないよ、盗み金で茶屋をはじめたんだって、とあるお人に聞いたんだ」

成功した者にまつわる誹謗《ひぼう》中傷のたぐいかともおもう。

たとい真実であっても、長治に格別な感情が湧くわけでもない。

疾《と》うのむかしに十手は返上した。

浅はかな正義を振りかざす意欲も失《う》せた。

だが、善知鳥という鄙の名だけは耳に残った。

「善知鳥か」

「ご存じなの」

「ああ」

善知鳥とは蝦夷地《えぞち》の孤島に棲息《せいそく》する海雀《うみすずめ》の仲間で、とりわけ親子の情が厚い鳥だ。

魚鳥殺生の罪業を説く能の演目にもあり、八郎兵衛もその関わりで知っていた。

「教えてほしい。どんなはなしなの」

親鳥が「うとう」と鳴くと、子鳥は「やすかた」と応じる。ゆえに、猟師は親鳥の声を真似て「うとう」と鳴き、子鳥を誘いだして捕獲する。子を奪われた親鳥の悲しみは凄《すさ》まじく、血の涙を流しながら空を飛びまわり、その涙に濡れると死んでしまうので、猟師は簑笠《みのかさ》をかぶって猟をする。

たとい涙に濡れずとも、殺生戒を破った罪業からは永遠に逃れられない。

「善知鳥は地獄で怪鳥《けちょう》となり、みずからを捕獲した罪人の目玉を突っつく。地獄に堕《お》ちた猟師の霊は成仏できず、苦痛に耐えかねて越中から陸奥へ向かう僧侶《そうりょ》に回向《えこう》を頼む。陸奥の外ケ浜へ向かうのであれば、霊前へ簑笠を手向けるよう、そこに住む妻子に頼んでほしい。猟師の霊はそう言ってひざまずき、本人である証《あか》しに衣《ころも》の片袖《かたそで》を託すのだ」

それが能で演じられる「善知鳥」である。

考えてみれば『卒都浜』なる茶屋の名も、長治が「善知鳥」から想を得たものにちがいないと、八郎兵衛はおもった。

おはつはぷっと小鼻を張り、怒ったようにつづける。

「おとっつあんが盗人でも、わたしはいっこうに構わない。男手ひとつで、ここまで育ててくれたんだ。わたしは強い男が好き。おとっつあんは狢《むじな》みたいに肥えちまったけど、あれでもむかしは強い男だったのさ」

「そいつはよかったな」

「おまえさま、惚れた女の名を聞かせて」

わずかに戸惑いつつも、八郎兵衛は「おきく」と漏らす。

「花火師の娘だった……これで満足か」

「うん」

勝ち気な娘は素直にうなずき、すっきりした顔で立ち去った。

入れ替わりに、長治がこぼれんばかりの笑顔でやってくる。

「伊坂さま、よくぞお越しくだされた。菊之助の件ではお世話になりましたな。金四郎さんがあらためて礼をしたいそうですよ。近々、一席もうけましょうかね」

「気遣いは無用だ。それより、津軽の元馬廻り役はどうなった」

「命はとりとめましたよ。あとは生きる気力がのこっておるかどうか」

「そういうことだな」

「おはつがお邪魔しておりましたな。あのじゃじゃ馬、何かつまらぬことでも抜かしましたか」

「別に」

「手前が縁談を勝手にきめたもので、ふてくされておるのですよ」

「嫁いでしまえば、おとなしくなるさ」

「そう願っておるのですが」

「で、はなしとは」

八郎兵衛は顎《あご》をしゃくって促す。

「はい、じつは」

贔屓《ひいき》にしてもらっている商家の旦那を警固してほしいと、長治は囁《ささや》いた。

「鎌倉河岸の蝦夷屋さんです。お店が小火《ぼや》に見舞われたり、往来を歩んでいると屋根から物が落ちてきたり、このところ不審事つづきで困っている。年の瀬はなにかと物騒だし、良い手はないものかとご相談を受けましてな、それならば用心棒はいかがと伊坂さまをご推挙申しあげた次第で。いやなに、商いが手仕舞いになる晦日までのことです」

「晦日までというと、五日間か」

「陽《ひ》の高いうちは用事もござりますまい。夜半に出掛ける際のお供をするだけです。どうです、お願いできますかな」

もとより、断る立場にはない。

「引きうけよう」

「ほっ、助かります。これでお隣さんへも顔が立つ。伊坂さまにお受けいただければ百人力、先様《さきさま》もご安心なされましょう」

「買いかぶられても困るな」

「買いかぶってなぞおりませぬ。先日、とある噂を耳にしましてな」

「とある噂」

「昨年の秋、板橋の上宿で耳を疑うような出来事があった。なんと、たったひとりで数百人の捕り方を相手に獅子奮迅《ししふんじん》の立ちまわりを演じた浪人がおったとか。その御仁は関八州《かんはっしゅう》を震撼《しんかん》させた霞小僧を葬り、ついには、盗人の後ろ盾であった勘定奉行にまで引導を渡した」

一介の浪人者が勘定奉行を成敗した。そんなことが表沙汰になれば、お上の権威は地に堕ちる。ゆえに噂は表に出ず、闇《やみ》の世でまことしやかに語られているのだと、長治は声をひそめた。

「霞小僧の首魁《しゅかい》は丑松、情婦は花火師の娘でおきくといいました。浪人はおきくに丑松を殺してくれと懇願され、越後から遥々《はるばる》やってきた。身の丈は優に六尺を超え、太い一本眉の凛々《りり》しい風貌をしておったとも聞きました」

長治は乾いた唇《くち》もとを嘗め、探るような眼差しを向けてくる。

「もしや、伊坂さまのことではござりますまいか」

「人ちがいだな」

「さようで。ま、よろしいでしょう」

「ご主人」

八郎兵衛は顔色も変えず、ころりと話題を変えた。

「鎌倉河岸の蝦夷屋はたしか、干鰯《ほしか》問屋だったな」

「はい、津軽屋敷御用達の大商人にござります」

「また津軽か。ふん、よほど縁があるとみえる。そういえば、ご主人も津軽の出と聞いたが」

「誰がそれを」

長治は、あきらかにうろたえた。

「おはつですな」

「ふむ。善知鳥というめずらしい地名を耳にしたものでな」

「北の涯《は》てにござりますよ。そのむかし、津軽のお殿様は鄙をまとめ、青森湊《みなと》をお築きになられました。いまは外ケ浜総鎮守社に善知鳥の名がのこるのみ。冬場は雪に閉ざされ、どうやって暖をとり、餓《う》えをしのぐかということにしか、人々の関心は向きませぬ。灰色の波の彼方《かなた》に恐山をのぞみ、今日一日なんとか生き延びたことを感謝するのです」

長治が茶屋に名付けた『卒都浜』の卒都は、恐山の頂上に林立する卒塔婆《そとば》の卒塔でもあるという。

「ご主人は、恐山へ通じる三途の川を渡られたのか」

「はい、もう十六年前になりますが、亡き妻の供養にと足を踏みいれたのでございます。二度と訪れたくはない、荒寥《こうりよう》とした風景にございました」

陸奥湾の東端に沿って、下北《しもきた》半島の田名部《たなぶ》道をひたすら北へ向かう。すると、俗界と霊界を分かつ三途の川がみえてくる。朱の橋を渡ってさらに進めば、やがて、硫黄《いおう》の臭気が立ちこめた岩場に達する。白茶けた台地には岩塊《がんかい》が転がり、地蔵や石積みの塔が点々としている。

まさに、そこは死者の霊が寄りつどうこの世の終わりだと、長治は溜息を吐いた。

「わずかふたつの娘を連れ、江戸表から回向の旅に出掛けました。恐山の山頂にて、おはつはただ黙々と石を積んでおりました。おそらく、何ひとつ憶《おぼ》えてはおりますまい」

八郎兵衛は、長治のはなしに引きこまれた。

恐山こそが、修羅道を歩んできた者の行きつくべきさきのような気がする。

「崖っぷちの向こうに宇曾利《うそり》山湖《やまこ》がございます。湖に身を投げた若い女がおりましてな」

身投げの直前、女は長治に頼みごとをした。

「もし、おはつが無事に成長を遂げたら、自分の死んだ息子のことも回向してやってほしい。若い女に白い産着《むつき》を手渡され、懇願されたのでございます」

「その産着は」

「取ってあります。捨てられようはずもない」

「女の願いを叶《かな》えてやるつもりなのか」

「迷うております」

長治はふっと黙り、また喋りはじめた。

「もしや、おはつは手前の過去も、伊坂さまに喋ったのではありませぬか」

「屋尻切りの長治がどうとか、たしか口走っておったな」

「そんなふうに呼ばれていた頃もございました。されど、すべては来し方のこと。ひとたび恐山へ詣《もう》でたならば、罪業の深さに恥じいるよりほかになくなります。手前は回向の旅に出てから、裏の世とはきっぱり縁を切りました」

長治は興奮の面持《おもも》ちで喋り、ほっと肩を落とす。

「なにやら言い訳がましくなりましたな。伊坂さまは不思議なおひとだ。胸の奥に仕舞ったはずの秘密を喋っておきたい気分にさせられる。されど、どうかお忘れください。もはや、屋尻切りの長治はこの世におりませぬ」

「わかった」

八郎兵衛はぼそりと漏らし、雇い主のもとを去った。

五

干鰯問屋の蝦夷屋は、鎌倉河岸の神田橋御門寄りにあった。

内濠《うちぼり》を挟んで西は御三卿一橋《ひとつばし》家の上屋敷、その向こうには雄壮な千代田城の御殿群が遠望できる。

蝦夷屋の主人は利平《りへい》といい、まだ四十代前半にしかみえぬ長身痩軀《そうく》の男だった。眉は太く、眦《まなじり》は切れあがり、天狗のように中高《なかだか》で丹唇《くちびる》は薄い。

妻子はおらず、一代で身代《しんだい》を築いただけあって、ただならぬ雰囲気をただよわせていた。

忙《せわ》しなく立ちはたらく奉公人たちも、お店《たな》者にしては愛想のない連中ばかりだ。

蝦夷屋の取りあつかう干鰯は、三陸沖で水揚げされた鰯《いわし》を加工したものらしい。鰯の脂を搾《しぼ》って乾かした干鰯は米の収穫をあげるのに不可欠な肥料で、太平洋を南下する東廻航路で大量に輸送されてくる。

通常ならば廻船問屋に輸送を任せるところだが、蝦夷屋は地元で安く仕入れて加工した干鰯を自前の千石船で運びこむ。安くて質の良い干鰯を提供することで百姓たちの信頼を勝ちとり、巨万の富を築いたのだ。

「若いのに商才がある。それだけに敵も多い」
利平をさかんにもちあげるのは、木村孫兵衛《きむらまごべえ》という名のくたびれた浪人者だった。
この男も蝦夷屋に雇われた用心棒で、本人の申すには盛岡《もりおか》藩南部《なんぶ》家の剣術指南役で
あったという。浪々の身となった経緯《いきさつ》は語ろうともしない。剣術指南役にしては物腰
が軽すぎる印象だが、八郎兵衛は穿鑿《せんさく》する気もなかった。
「そろそろ昼餉《ひるげ》だな」
木村は餓えた野良犬のように、黄色い歯を剝いた。
ちょうどそこへ、丁稚《でっち》が米櫃《こめびつ》を抱えてやってきた。
「さあ、食おうではないか」
木村は丼《どんぶり》に白米を盛りつけ、胡瓜《きゅうり》と茄子《なす》の粕漬《かすづ》けでぺろりと一杯目を平らげた。
さらに、甘辛く煮付けた鰈《かれい》で二杯目を平らげ、三杯目は煮汁を掛けてかっこむ。
八郎兵衛はまだ、一杯目も食べ終えていなかった。
「このとおり、ぐうたらしながら飯をたらふく食える。用心棒は三日やったらやめら
れぬ。のう、伊坂氏《うじ》」
木村は爪楊枝《つまようじ》で歯間をほじくり、声をひそめた。
「おぬしは新参者ゆえ知らぬであろうがな、蝦夷屋はお上に隠れて金貸しをやってお
るのよ」

「ほう」

小口ではない。飢饉で疲弊の極《きわ》みにある東北の大名を相手にした大口の金貸しである。

「南部、津軽、佐竹《さたけ》、酒井《さかい》、相馬《そうま》など、東北諸藩は例外なく金を借りているとみてよい。それも万両単位の金よ」

「返ってくる保証はなかろう」

「よいのだ。本業のほうで融通が利けば、貸したぶんより遥《はる》かに実入りはある。国元の民百姓は貧困に喘《あえ》いでおるというに、江戸詰めの重臣どもは値の張る料理屋で接待浸《づ》けよ。昨夜《ゆうべ》は深川、今夜は柳橋とな。夜毎《よごと》の接待に通うご主人さまを守るのが、わしら用心棒の役目というわけさ」

気のすすまぬ役目も今日で三日目、長治と約束した晦日は明後日《あさって》だ。

昨夜と一昨夜は洲崎の『二軒茶屋』へ随伴したが、暴漢はあらわれなかった。

「さっきも言うたが、同業者にかぎらず、蝦夷屋を妬《ねた》むものは多い。このところの不審事は嫌がらせの範疇《はんちゅう》を超えておる。あきらかに、蝦夷屋利平の命を狙ったものさ。わしの勘では今宵《こよい》あたりが危ういぞ。おぬしも覚悟しておけ」

八郎兵衛にも、禍々《まがまが》しい予感はあった。

その晩、ふたりは蝦夷屋を乗せた駕籠《かご》に随伴し、料理屋ではなく三味線《しゃみせん》堀《ぼり》の大名屋敷へむかった。

「秋田《あきた》藩佐竹家二十万石。上屋敷の構えはたいそう立派だが、台所は火の車よ」

木村によれば、蝦夷屋は佐竹藩の江戸家老から火急の借財を申しこまれたという。

「蝦夷屋はな、わしにはなんでもはなしてくれる。ま、言うてみれば、わしは右腕のようなものさ、ははは……それにしても今夜は冷える。伊坂氏、温石《おんじゃく》を貸してくれぬか」

「用意しておらぬ」

「ほ、それは困った。いざというとき、手がかじかんで動かねばどうする」

「あいにく手の皮が厚いのでな、これしきの寒さでかじかむことはない」

「頼もしいかぎりよ」

木村は両掌《りょうて》に白い息を吹きかけ、何度となく擦《こす》りあわせた。

雪の衣を纏《まと》った棟門のそばには、法仙寺《ほうせんじ》駕籠が控えている。

待つこと一刻《いっとき》余り、ようやく、蝦夷屋が戻ってきた。

にこりともせず、駕籠に乗りこむ。

――へい、ほう。へい、ほう。

先棒と後棒は交互に鳴きを入れ、雪道を巧みに走りだした。

提灯《ちょうちん》持ちの丁稚小僧がこれを追いかけ、用心棒ふたりは小僧の背中を追いかける。

町木戸の閉まる亥《い》ノ刻を過ぎ、あたりは静まりかえっていた。

駕籠かきの掛け声だけが、閑寂とした市中に響きわたる。

幸運にも月が出ており、遠くまで見渡すことができた。

駕籠は大路をまっすぐに進み、神田川へ向かう。

神田川には、墨で黒く塗った美倉橋《みくらばし》が架かっていた。

駕籠が橋のなかほどを通過したとき、異変は起こった。

柳原《やなぎわら》土手のほうから、黒覆面の侍どもが抜刀しながら駈けよせてきたのだ。

「ほうら、おいでなすった」

木村は大刀を抜き、正面の敵に備えた。

提灯持ちの丁稚小僧は、足がすくんで動けない。

駕籠かきどもは息杖《いきづえ》を抛《ほう》り、一目散に逃げていった。

駕籠の主は息をひそめ、暗い箱のなかで様子を窺《うかが》っている。

背後にも殺気を感じ、八郎兵衛は首を捻《ひね》った。

うしろにふたり、まえに三人、あわせて五人だ。

「伊坂氏、どうせ連中も雇われた野良犬にすぎぬ。わしらとおなじ穴の狢よ」

「どうかな」

少なくとも正面の奥に控える巨漢だけは、食いつめ者とは異質の雰囲気をただよわせている。

「あやつが鵜飼《うか》いのようだな。今宵《こよい》の月と同様、赤い双眸をしておる」

木村は唇もとを嘗め、刀の峰を担いだ。

「よし、拙者が葬ってくれよう」

言ったそばから、毛臑《けずね》を剝いて駈けだす。

「退《の》け、退け」

怒声を発し、正面のふたりを斬りふせた。

なかなかどうして、見事な太刀《たち》捌《さば》きだ。

自分の出る幕はないかもと、八郎兵衛は期待した。

うしろのふたりは闇と同化し、ぴくりとも動かない。

八郎兵衛は油断なく駕籠を守りながら、木村の動きを注視した。

「とあっ」

木村の刃が、上段から振りおろされた。

赤目の巨漢は磐《いわ》のように動かない。

刹那、八郎兵衛は看破した。

木村に勝ち目はない。

ばすっと、骨を断つ音が響いた。

「ひぇっ」

刹那、木村の素首《そっくび》が宙に飛んだ。

覆面の巨漢は血の滴《したた》る刀を握り、こちらを睨みつける。

八郎兵衛は虚を衝き、背後の敵に牙《きば》を剝いた。

「つおっ」

抜き際の一撃でひとりの胴を雁金《かりがね》に薙《な》ぎ、もうひとりは右袈裟《みぎけさ》に斬りさげる。

「ぐひっ」

刺客どもの悲鳴が止《や》まぬ間に、駕籠の脇《わき》へ立ちもどった。

木村を屠《ほふ》った巨漢は、三間の至近まで身を寄せている。

八郎兵衛は本身を鞘におさめ、両手をだらりとさげた。

「居合か」

覆面のしたから、重厚な声が漏れた。

「その構えは立身流《たつみ》」

「ようわかったな」

「立身流には、豪撃《こわうち》なる秘技があるとか」

大上段からの双手《もろて》豪撃、それこそが立身流の秘技にほかならない。

八郎兵衛は血の滲むような鍛錬のすえに、この秘技を修得していた。

江戸には斎藤弥九郎《さいとうやくろう》の練兵館《れんぺいかん》、桃井春蔵《もものいしゅんぞう》の士学館《しがくかん》、千葉周作《ちばしゅうさく》の玄武館《げんぶかん》といった名だたる道場が割拠している。かつて、名人と呼ばれる者たちのなかで、伊坂八郎兵衛の名を知らぬ者はなかった。

千葉周作とは、板の間で立ちあった。三本のうち二本は取られたが、千葉に「真剣の立ちあいでは五分と五分。立身流の豪撃とは、げに空恐ろしき剣技なり」と言わしめた。それほどの剣である。

八郎兵衛がかなりの遣い手と察したのか、巨漢は闇雲にかかってこない。というより、五体から殺気が消えていた。

刀を静かに納め、ふくみ笑いをしてみせる。

「今夜のところは見逃してやる」

そろりと後ずさり、闇に溶けこんでいった。

血腥《ちなまぐさ》い臭《にお》いがたちこめている。

美倉橋は屍骸《むくろ》だらけになった。

木村の首は双眸を瞠《みは》り、欄干《らんかん》のしたに転がっていた。

蝦夷屋利平は、駕籠のなかから出てくる気配もない。

「終わったぞ」

八郎兵衛は小窓に怒声を浴びせた。

引戸が開き、白足袋《しろたび》を履いた右足があらわれる。

蝦夷屋は大儀そうに駕籠を降り、平然と発してみせた。

「ごくろうさま。命拾いをさせてもらいましたよ」

雪上を染める鮮血をみても、顔をしかめるだけで動揺の色はない。

口端《くちばた》に冷笑を湛《たた》え、腰を抜かした丁稚小僧から提灯を奪いとる。

「さ、歩いてまいりましょう」

なにやら空恐ろしい男と関わってしまったようだ。

八郎兵衛は闇を背にして歩きはじめた。

六

美倉橋の襲撃から一夜明けた。

蝦夷屋利平は襲われたことなど気にも掛けず、淡々と過ごしている。

木村孫兵衛の死を悼む者は、誰ひとりとしていない。

八郎兵衛が斬られても、おなじことであったろう。

誰に惜《お》しまれることもなく、犬死にも同然に死んでいく。それが修羅道を歩んできた者の宿命なのだ。

丁稚小僧が飯櫃を抱え、部屋へあらわれた。

味噌汁の匂いに食欲をそそられたが、八郎兵衛は昼餉を辞して店の外へ出た。

ひんやりとした師走の町には、忙しなげな男女が蠢《うごめ》いている。

日本橋の目抜き通りを突っきり、知らぬ間に八丁堀までやってきた。

茅場《かやば》町の大番屋、椙森稲荷《すぎのもりいなり》に地蔵橋、紅梅《こうばい》新道に提灯掛け横丁。

二度と戻るまいとおもっていた懐かしい風景に触れ、はからずも熱いものがこみあげてくる。

十手持ちを辞めたことを後悔しているわけではない。

家や身分を捨てたことが、今さら悲しいわけでもない。

ただ、みずからの居場所は疑いもなく、八丁堀の一角にあった。堀端や露地裏の今も変わらぬ風景を眺めていると、戻らぬと誓ったあの日のことが恨めしく感じられてならない。浪々の身となってからこの方、辛酸を嘗めつづけた日々がおもいだされ、胸苦しくなってしまう。

「人を斬りすぎたな」

何をどう悔いたとて、罪業から逃れることはできぬ。亡者たちの怨念《おんねん》を身に纏《まと》いつつ、修羅道を突きすすんでいくよりほかに生きる術《すべ》はない。

八郎兵衛は亀島川に沿って南へ向かい、稲荷橋を渡って鉄砲洲《てっぽうず》まで足を延ばした。

稲荷社の高台は寒風にさらされ、立っているのも辛《つら》いほどだ。

しかし、高台からは雄大な江戸湾を一望できる。

左手には船手屋敷があり、漣《さざなみ》立つ蒼海の沖には何隻かの樽《たる》廻船が投錨《とうびょう》していた。

樽廻船の背後には、石川島の島影もみえる。

八郎兵衛は社の裏手へまわった。

そこに、子狐《こぎつね》を祀《まつ》った小さな祠がある。

「京香《きょうか》」

別れも告げずに捨てた許嫁《いいなずけ》の名が口を衝いて出た。

若いふたりが将来を誓いあった思い出の場所だ。

京香は書役《かきやく》同心の娘で、滅多なことでは弱味をみせない芯の強さがあった。

八郎兵衛に隠れ、折に触れては祠に詣でていたことは知っている。

――伊坂さまの嫁になって、子宝に恵まれますように。

その健気《けなげ》さが愛おしかった。

京香が許嫁であったことを神仏に感謝したものだ。

ところが、運命は暗転する。

朋輩の不正を知り、みずからの刀で裁くと決めたとき、その決意と引換にすべてを捨てる覚悟も決めねばならなかった。不正を表沙汰にすれば、遺《のこ》された朋輩の家族が路頭に迷う。そうさせぬためには隠密裡《り》に事を済ませ、この身に罪業を背負うしかなかったのだ。
何も知らぬ許嫁を捨て、八郎兵衛は当て所《ど》もない旅に出た。
旅の途上で大勢の悪党を斬り、冥府の入口を何度も覗《のぞ》いた。
そして、越後路でおきくという盗人の情婦に心を移した。
命懸けで守ってやると誓ったのに、おきくは花火と散ってしまった。
惚れた女を失った痛手から、いまだに立ちなおれそうもない。
ただ、おきくを抱いていたときも、京香のことが頭から離れなかった。
邂逅《かいこう》したい気持ちがある。
「ふん、未練がましい男だな」
邂逅したところで、もとのふたりに戻ることはあり得ない。
そんなことは百も承知だが、わずかな望みを抱《いだ》いていた。
望みがなければ、鉄砲洲稲荷まで足を延ばすはずはない。
「やはり、おらぬな」
八郎兵衛は項垂《うなだ》れ、踵《きびす》を返しかけた。
するとそこへ。
地味な着物を纏った女がひとりあらわれた。
「ん」

さっと木陰へ隠れ、八郎兵衛は息を呑んだ。
女は俯《うつむ》き加減で、足早に祠へ近づいてくる。
これも運命か。
女は京香にまちがいなかった。
ずいぶん窶《やつ》れてしまった印象だ。
祠のまえにひざまずき、子狐に餅などを捧げていた。
そして祈り終わると、眸子を赤く腫らしながら立ち去ろうとする。
何を泣いておる。
喉が干涸《ひか》らびて、声も出てこない。
何やら不思議な気分だ。
生きる力が湧いてくるような感じがする。
誰のことを祈ったのか、どんな悩みを抱えているのか。
そんなことはどうでもよい。
ただ、京香は今も思い出の地へ通っている。そのことが嬉しかった。
八郎兵衛は我に返り、雪道に点々とつづく足跡を追った。
追ってはいけないとおもいつつも、勝手に足が向いてしまう。
京香は稲荷橋を渡りきった。

堀川に沿って本八丁堀を西へ向かう。

八郎兵衛は知りあいに見つからぬよう、袖で顔を隠しながら追いつづけた。

ふと、京香は立ちどまる。

武家屋敷の門前だ。

まるで、屋敷の住人であるかのように木戸口をくぐる。

八郎兵衛は裾を持ち、大股で駈けよった。

「この屋敷」

見覚えがある。

かつて酒席で罵倒した吟味方与力、田所采女の屋敷にほかならない。

「……ま、まさか」

心ノ臓を鷲《わし》摑みにされた気分だった。

「なぜ、田所の屋敷なんぞへ」

京香は消えたのだろうか。

良からぬ考えが頭のなかを駈けめぐり、居たたまれなくなってくる。

もちろん、自分には怒ることはできぬ。京香がどのような生き方を選んだにしろ、文句を言える立場にない。たとい、嫌悪すべき男の世話になっていたとしても、きっと京香にはそうせざるを得ない事情があったのだ。

「くそっ」

雪曇りの空から、白いものが落ちてくる。

八郎兵衛は悲運を呪った。

後を尾《つ》けたことを後悔しつつ、八丁堀から遠ざかった。

七

蝦夷屋へ戻ると、髷の刷毛先《はけさき》を散らした小太りの男が待っていた。

遊び人の金四郎だ。

ふっくらした丸顔に笑みを絶やさず、小粋《こいき》な江戸者を気取っている。

花街ではちょっとした顔で、遊び金にきれいなところが芸者たちに好かれていた。

いつもはどこで何をしているのか、皆目見当もつかない。

時折、ふらりと顔を出し、酒を呑みながら与太話《よたばなし》をする。

相手にするのも面倒臭いが、働き口を紹介してもらっただけに徒疎《あだおろそ》かにはできなかった。

「よう、伊坂さん」

金四郎は店の上がり框《かまち》に座り、気軽な調子で手をあげた。

「卒都浜の主人に聞いてね、用心棒をやっているんだって。へへ、それにしちゃ無用心じゃねえのか。蝦夷屋の旦那は今さっきお出掛けになられたぜ。いいのかい」

「どうせ、暗くなるまでには帰ってくる」

「だったら、ちょっと付きあってくんねえか。なあに、すぐそこだ」

金四郎は片目を瞑り、猪口《ちょこ》をかたむける仕種《しぐさ》をする。

八郎兵衛は黙って背にしたがった。

裏通りに張りつく居酒屋の縄暖簾《のれん》をくぐり、衝立《ついたて》の向こうへ上がりこむ。

金四郎は胡麻《ごま》塩《しお》頭の親爺《おやじ》を呼びつけ、燗酒《かんざけ》を注文した。

「愛想のねえ頑固親爺だが、酒肴《さかな》はけっこういける」

燗酒がはこばれてきた。

「さ、まずは一献」

注《つ》がれた酒を呷《あお》り、相手の盃《さかずき》にも注いでやる。

金四郎は口を尖《とが》らせ、美味《うま》そうに酒を呑んだ。

「美倉橋で襲われたんだって」

「ああ、用心棒がひとり死んだ」

「そいつもふくめて屍骸は五つ、美倉橋は血の海になっちまった。あんたも何人か斬ったんだろう」

探りを入れられ、八郎兵衛はむっとする。

「わざわざ、そいつを言いにきたのか」

「いいや、誘ったのはほかでもねえ、蝦夷屋に関わるはなしだ」

「ほう」

「三日前の明け方、おたねという夜鷹が呉服橋の北町奉行所へ駈っこんだ。油堀の卯之吉親分からの遺言だと前置きし、百足野郎の狙いは鎌倉河岸の蝦夷屋、押しこみは晦日の晩と訴えやがった」

「卯之吉のことなら知らぬでもない。本所の撞木堂裏で首を突かれて死んだと聞いたが」

「そうさ、親分は百足の一味に探りを入れていた。そいつがみつかって殺《や》られたらしいんだ」

「たしか、相生町の奥州屋が押しこみに遭った晩だな」

「よく憶えてんじゃねえか」

「蔵を荒らして火を付ける。家人はみなごろしにするというのが、百足小僧の遣《や》り口なのだろう」

「ああ、そうさ。奥州屋の一件じゃ幼子までが柱に縛りつけられ、生きながらに焼かれた。むごすぎるじゃねえか。とうてい赦《ゆる》すことのできねえ悪党どもだぜ」

金四郎は憎々しげに吐き、手酌で盃を呷る。

八郎兵衛も盃を呷り、皮肉まじりに言った。

「遊び人が正義を振りかざしてどうする」

「そんな言いぐさはねえだろう。百足小僧の仕打ちは惨《むご》すぎる。江戸者なら黙っちゃいられねえんだよ」

「はなしの腰を折ってわるかったな」

素直に謝ると、金四郎はふっと笑った。

「いいさ。ともあれ、百足小僧のつぎの狙いは蝦夷屋だ。そいつは卯之吉が命懸けで調べあげたこった。だからな、いの一番で用心棒のあんたに伝えておこうとおもったわけさ」

「そいつはどうも」

金四郎は片目を瞑り、酒を注いでくる。

「驚いたかい」

「まあな。それにしても、なぜ、おまえさんがそこまで熱くなる」

「卯之吉にゃ、ずいぶん世話になったからさ。可哀想に、おちよという十になる愛《まな》娘《むすめ》がいてなあ、卯之吉は死んでも匂い袋を握りしめていたそうだ」

「匂い袋」

「娘のために買った土産だよ。通夜に行ったら卯之吉の女房が血のついた匂い袋をみせてくれた。娘のおちよは、ぐしょぐしょに泣きじゃくっていたぜ」

金四郎は涙ぐんだが、八郎兵衛は顔色ひとつ変えない。

「金の字、もうひとつ訊《き》いておこう」

「なんでえ」

「遊び人のおまえさんが、どうして夜鷹の駈っこみを知っておる。駈っこみは御法度《ごはっと》だ。訴えの中身がはっきりするまで、訴人の名は明かさぬのが決まりだろうが」

「さすがは元隠密廻りだけあって、詳しいな」

金四郎は黙りこみ、苦々しい顔で吐きすてた。

「殺られたのさ」

「誰が」

「おたねだよ」

一昨日《おととい》の朝早く、おたねは撞木橋のそばに浮かんだ。

「袈裟懸けでひと太刀、あれじゃ声を出す暇もなかったろうぜ」

金四郎はたまさか、筵《むしろ》に寝かされたおたねの屍骸を目にした。野次馬根性を発揮して嗅《か》ぎまわってみたら、卯之吉との関わりが浮かんできたのだという。

「すると、おたねも百足の一味に殺られたのか」

「口封じだろうな」

八郎兵衛は首をかしげる。

「そいつは妙だな。おたねのことが、どうやって悪党どもに知れたのだ。北町奉行所の役人が誰かに漏らしでもしなければ、おたねが駈っこみをしてすぐに殺されることはあり得まい」

「なるほど、それもそうだな」

金四郎はめずらしく、じっと考えこんだ。

八郎兵衛は置き注ぎで酒を呑み、さらにつづける。

「町奉行所に百足小僧と通じている者がおるぞ」

「おいらも今、そいつを考えていたところさ」

「不浄役人に高潔なやつはいねえ。おたねも夜鷹なら、それくらいのことは承知していたはず。それでも駈っこんだってことは、よほど卯之吉のことが気に掛かっていたのだろう。どっちにしろ、可哀想なのはおたねだ。余計なことに関わったばっかりに命を落としちまった」

「まったくだぜ」

金四郎はうなずき、話題を変えた。

「伊坂さん、あんたは南町の虎と呼ばれ、悪党どもに恐がられていたんだろう」

「誰に聞いた」

「忘れたよ」

「ふん、おぬしが言いふらしたせいで、長屋の嬶ァどもまで白い目でみやがる」

「どうせ、気にしねえんだろう。他人に何とおもわれようがどうでもいい。あんたはそういう男だ」

「卒都浜の娘にも訊かれたぞ。盗人の情婦に惚れたのかとな」

「へえ、おはつがそんなことを。でもな、そのあたりの経緯を喋ったのは、あんたが救ってくれた菊之助さ。菊之助はあんたのはなしを聞き、自分とおんなじ菊という名のつく女に情をうつした」

「おきくを供養するために二寸玉をつくった。そのはなしをしただけだ。勝手に想像を膨らましてもらっては困る」

「菊之助にしたって、面白おかしく言いふらしたわけじゃねえ。赦してやってくれ」

金四郎はにっこり笑い、酒の追加を注文する。

憎めない男だ。人を和《なご》ませる術を心得ている。

「伊坂さん、あんたとは馬が合う。だからさ、ひとつ忠告しとくぜ」

「なんだ」

「百足小僧の親玉は陣五郎《じんごろう》といってな、残忍で執念深え野郎《ぶけ》らしい。誰ひとり顔をみた者はいねえがな」

「明日になればわかる」

おたねの訴えた内容が真実なら、蝦夷屋の蔵は襲われる。

「蝦夷屋に忠告しねえのかい」

「せねばなるまい」

「町奉行所に泣きつけば、捕り方を動かせるかもしれねえぜ」

「たぶん、そうせぬな。利平という男は他人に借りをつくるのが嫌いらしい。相手が町奉行所となればなおさらだ。それに」

「それに、なんだよ」

「役人のなかに盗人の仲間がおれば、捕り方の動きは筒抜けとなる。そうなれば、百足小僧はやってこぬ。陣五郎とやらを退治する好機を逃すことにもなろう」

「あんた、ひとりでやる気なのかい」

「そうなるな」

こっくりうなずくと、金四郎は自分の膝を引っぱたいた。

「へへ、さすがは百人斬りの伊坂八郎兵衛。板橋上宿に築かれた七曲がりの罠をかいくぐってきただけのことはある」

「いったい、なんのはなしだ」

「しらを切っても無駄だっつうの」

「おぬしはいったい、どこでそうした与太話を仕入れてくるのだ」

「おいらは地獄耳でね。ま、なにはともあれ、命だけはたいせつにしたほうがいい」

金四郎という男の正体が、益々わからなくなってきた。

八

師走晦日。

火の用心を報《しら》せる番太の拍子木が夜の町に響いている。

——うおおん。

山狗《やまいぬ》の遠吠《とおぼ》えに、八郎兵衛は耳をぴくりとさせた。

蝦夷屋利平は事情を知っても、脅《おび》えた様子は微塵《みじん》もない。

そもそも、夜鷹のおたねが訴えた内容を信じていなかった。

「噂にのぼるくらいなら、疾《と》うに盗人どもの耳にもはいっているはず。それでも、あえて危うい橋を渡ろうとするかね」

蝦夷屋は物事を理詰めに考える。なかなかに肝の据《す》わった男だ。

八郎兵衛は、美倉橋の一件をおもいだしていた。

修羅場をくぐってきたものでなければ、あれだけの屍骸を目にして平気でいられるはずはない。

「ご主人、いずれにしろ、備えを怠らぬことだ」

「ご心配にはおよばぬ。お宝は別のところへ移しましたよ」

「別のところ」

「詳しくは言えぬが、蝦夷屋には隠し蔵がござってな」

「ちなみに、いかほどのお宝を蓄えておるのだ」

「さよう、小判にしてざっと十万両ほど」

「ふうん」

十万両とはまた、大きく出たものだ。

「信じておられぬようだな。ふふ、ここだけのはなし、干鰯だけでそれだけの財は築けぬ。俵物《たわらもの》で儲けたのですよ」

「俵物」

「ええ。蝦夷地の鱶鰭《ふかひれ》、干鮑《ほしあわび》に海鼠《なまこ》、お隣の清国《シン》が俵物を異常なほど欲しがりましてな。高価な薬種などと等価に交換してもらえるのですよ」

俵物は御禁制の品、幕府の鑑札がなければ扱うことはできない。

「心得ております。されど、海はひろい。手前は津軽海峡を自在に航行できる千石船を有しております」

だから清国とは海上で直《じか》に取引ができるのだと、蝦夷屋は胸を張る。

「そうした秘密を、わしのようなものに喋ってもよいのか」

「これでも人をみる目には自信がございます。伊坂さまは余計なことを口にするお方ではない。いかがです。明日からもずっと」

「それは困る。約束は今夜までだ」

「卒都浜のご主人ならご心配なく。いかようにもはなしはつけられる。肝心なのは伊坂さまのご意志」

蝦夷屋は喋りを止め、ぱんぱんと手を叩いた。

客間の障子が開き、三方《さんぽう》を掲げた手代が近づいてくる。

三方は紫の袱紗《ふくさ》で覆われ、こんもりと盛りあがった中身はすぐに想像できた。

手代は三方を八郎兵衛の面前へ置き、滑るように去っていった。

蝦夷屋利平は、さっと畳に両手をついた。

「どうぞ、お納めくだされ。三十両ございます。当座の仕度金ということで」

「当座の仕度金」

「後々、頼み事も生じましょう」

八郎兵衛は顔をしかめる。

「殺しか」

「事と次第によっては」

蝦夷屋の眸子がきらりと光る。

八郎兵衛はぴくっと眉を吊りあげた。

「わしが金に転ぶとでも」

「ふっ、ははは、おもしろいことを仰《おつしや》る。金に転ばぬ用心棒などおりますまい。手前は伊坂さまの腕前に惚れました。あれだけの技倆《うで》をおもちのお方は江戸ひろしといえどもそうはみつからぬ」

そこで、すこし素姓を調べさせてもらったのだと、蝦夷屋はうそぶいた。

「いささか驚かされました。伊坂さまが、かの有名な南町の虎であったとは」

「ほう、南町の虎という綽名を知っておるのか」

「そりゃもう、悪党どもが震えあがる呼び名と聞きましたよ」

誰に聞いたかは知らぬが、油断のならぬ男だ。

「書画にしろ茶道具にしろ、手前は本物とみればどうあっても欲しくなる。この性分だけは如何《いかん》ともしがたい。人についても同様でしてな、伊坂八郎兵衛という本物の剣客を抱えたくなったのでござります」

狂犬を手許《てもと》に飼っておけば、同業者から嫌がらせを受けることもなくなる。

美倉橋で襲われてから、さすがに身の危険を感じはじめたのだと、蝦夷屋は溜息を吐いた。

「悪戯《いたずら》では済まされぬ塩梅《あんばい》になってまいりました。おそらく、手前の首に賞金でも懸けたのでございましょう。ご返答はすぐにいただかずとも結構。ま、じっくりお考えください」

「明日のことより、今宵をどう乗りきるか。そいつを考えたほうがよい」

八郎兵衛はきっぱり言い、大小を提げて立ちあがった。

「伊坂さま、盗人どもはほんとうにあらわれましょうか」

「来る。かならずな」

「されば、賊の首ひとつにつき、十両お出しいたしましょう」

「そいつは大盤振る舞いだな」

「百足の一味なら、それだけの価値はござります」

蝦夷屋は余裕綽々《しゃくしゃく》の笑みを浮かべ、蔵の案内に立った。

九

いかにも堅牢《けんろう》そうな土蔵は濠《ほり》に面して二棟並び、いずれも広い板間をもつ庇蔵《ひさしぐら》であった。

濠には荷船を横付けにできる船着場が設けられ、盗賊の出入りには恰好《かっこう》の場所におもわれた。水路のほうが盗んだ宝物を運びだすのに労力が少なくて済むのだ。

蝦夷屋も濠端に目を光らせておくよう、手代どもに命じていた。

「伊坂さま、手前はいささかも賊を恐れておらぬ。その理由がおわかりか」

「いいや」

「じつは町奉行所に訴え、密《ひそ》かに捕り方を配していただきました」

「ほう、そうであったか」

八郎兵衛は周囲を見渡したが、よほど上手に隠れているらしく、捕り方の影はみあたらない。

「いかに百足小僧とて、投網《とあみ》の張られた餌場《えさば》へ、のこのこ顔は出さぬでしょう」

蝦夷屋は悠揚と構え、みずから龕灯《がんどう》を掲げながら蔵のなかをみせてくれた。

庇蔵には所狭しと米俵が積まれていたものの、肝心の千両箱はみあたらない。

「ははは、盗人どもはがっかりいたしましょうなあ」

刻限は亥《い》ノ四つ半をまわり、蔵に冷気が忍びこんできた。

外へ出てみると、白い花弁が舞っている。

「雪か」

ちゃぷんと、纜《ともづな》に繋がれた荷船が揺れた。

「ん」

妙だなと感じたのは、八郎兵衛だけではない。

「手代どものすがたが消えましたな」

蝦夷屋がつぶやいた。

刹那、闇の一部が剝《は》がれ、柿《かき》色装束の男どもが襲いかかってきた。

「しぇっ」

すかさず白刃を抜き、八郎兵衛はふたつの影を斬りすてた。

と同時に、蔵の庇から影がひとつ舞いおりてきた。

八郎兵衛は半歩さがり、愛刀の堀川国広《ほりかわくにひろ》を薙ぎあげる。

「ひゃっ」

盗人の胴が斜めに断たれ、どさっと地に落ちた。

あいかわらず、国広の斬れ味は鋭い。

八郎兵衛は樋《ひ》に溜まった血を切り、柳生《やぎゅう》拵《ごしら》えの黒鞘に納めた。

盗人どもの息遣いが、そこらじゅうから聞こえてくる。

八郎兵衛は背中に蝦夷屋を抱え、蝦夷屋は蔵を抱えた。

「ご主人、敵の数は存外に多い。捕り方はどこにおる」

「はて」

「逃げるなら今しかないぞ」

「まだ早い」

「なに」

「まだ三十両しか稼いでおらぬぞ」

「何だと」

八郎兵衛が首を捻ると、蝦夷屋は鋭い眼光で睨みつける。

「首魁の顔を拝むまでは、ここを一歩も動きませぬぞ」

「ふん、好きにしろ」

会話が途切れ、八郎兵衛はまたひとり斬りさげた。

返り血がざっと着物を濡らす。

と同時に、隣蔵の錠前《じょうまえ》が外された。

盗人どもが、どっと侵入していく。

「ほうれ、言わんこっちゃない」

すぐさま、米俵を担いだ連中が飛びだしてくる。

暗闇に待機する荷船めがけ、米俵がどんどん投げこまれた。

百足小僧にしては、ずいぶん雑な遣り口だ。

不審におもった瞬間、疳高《かんだか》い声が掛かった。

「野良犬め、退《の》け」

匕首《あいくち》を閃《ひらめ》かせた賊どもの奥から、頭ひとつ大きい男があらわれた。

「背に匿《かくま》っておるのは蝦夷屋利平だな。蝦夷屋にちと訊《き》きたいことがある。千両箱はどうした」

「莫迦《ばか》め、易々《やすやす》とくれてやるか」

「あんだと」

蝦夷屋が袖にしがみついてきた。

首魁らしき男が躙《にじ》りよってくる。

「素直に吐けば、命は助けてやるぞ」

「盗人のことばを信じるほど愚かではない」

蝦夷屋は八郎兵衛の背後から、怒声を張りあげた。

大男がまた一歩躙りよる。

「ふん、死にてえらしいな。悪徳商人め、百足の陣五郎を嘗めんなよ」

八郎兵衛は唾《つば》を飛ばす。

「おぬしが陣五郎か」

「それがどうした、糞《くそ》野郎め」

陣五郎と名乗る男が、右の拳《こぶし》を天に突きあげた。

乾分《こぶん》どもが四方に散り、闇の底へ駈けていく。

ぼっと、火の手があがった。

荷船に乗った数人が、矢継ぎ早に火矢を打ちこんでくる。

――ひゅん、ひゅん。

火矢の風切音とともに、蔵の内にも火が放たれた。

隣蔵の高窓から炎が噴きだし、蛇《へび》のように這いながら漆黒の空に巻きあがる。

「蔵だけじゃねえ。屋敷も丸ごと焼いてやらあ」

火矢は屋敷の板戸に刺さり、大屋根を紅蓮《ぐれん》の炎でつつみこんだ。

「あやつを殺せ」

蝦夷屋は真っ赤になり、人が変わったように叫ぶ。

八郎兵衛は一歩まえへ進みでた。

「百足の陣五郎、おぬしだけは逃さぬ」

愛刀の国広は鞘の内にあった。

居合は抜きが命、一撃で片づけねばならぬ。

「へへ、おれはただの盗人じゃねえんだぜ」

対峙する陣五郎は、背中に三尺の太刀を背負っていた。

剣術におぼえのあることは、物腰ですぐにわかる。

陣五郎は大太刀を双手《もろて》で抜き、八相《はっそう》に構えてみせた。

「こいつは盗品のなかでもお気に入りの品でな。驚くなかれ、九郎判官義経《くろうはんがんよしつね》が中尊寺《ちゅうそんじ》に寄贈した三条宗近《さんじょうむねちか》よ」

そんなはずはないが、なるほど、細身で腰反りの強い刀身はみとれてしまうほどの優美さだ。

「斬れ味も鋭いぞ。験してみるか」

煽《あお》られても、八郎兵衛は国広を抜かない。

両肩を落とし、相手を三白眼《さんぱくがん》に睨みつける。

「験さぬのか、なれば死ね。ふぉっ」

陣五郎は地を蹴り、一間余りも跳躍した。

大上段から頭蓋《ずがい》を狙い、逆落《さかお》としに斬りかかってくる。

「もらったあ」

三条宗近が刃風を唸《うな》らせた。

八郎兵衛は躱《かわ》しもせず、両手首を瞬時に交差させた。

双手で抜刀すると同時に、白刃を上段に振りかぶる。

刃長の差など気にも掛けず、悪党の脳天を斬りさげた。

――斬。

立身流の必殺技、豪撃であった。

ふたつの刀身は、触れもせずに交錯していた。

陣五郎は地に舞いおり、のっそりと立ちあがる。

「ずびっ」

脳天が割れた。

稲妻に裂かれた立木のように、胴体がちぎれていく。

「ぎぇえええ」

断末魔の悲鳴があがった。

夥《おびただ》しい鮮血が飛びちる。

八郎兵衛は金瘡《きず》ひとつ負っていない。

炎が風に煽られ、轟々《ごうごう》と吼えている。

そこへ、ようやく捕り方の御用提灯があらわれた。

「御用だ、御用だ」

遅すぎる。間抜けにもほどがある。まるで、あらかじめ好機を逃すように仕組まれていたかのようだ。

残党どもを乗せた荷船は、すでに川面《かわも》を滑っている。

船を軽くすべく、盗んだ米俵はことごとく川に捨てられた。
盗人たちも何ひとつ得るものはなく、遠ざかっていくしかない。
――じゃじゃん、じゃじゃじゃん。
自身番の半鐘が、滅多打ちの早鐘を打ちはじめる。
逃げまどう人々の悲鳴が、早鐘の音にかさなった。
庇蔵の大屋根が炎に包まれ、頭上へ落ちてくる。
「逃げるぞ」
八郎兵衛は蝦夷屋をともない、濠端へ駈けだした。
振りかえってみれば、家屋敷も庇蔵もぼうぼうと燃えている。
陣五郎と名乗った男の屍骸も、襤褸屑《ぼろくず》のように燃えていた。
蝦夷屋は微動だにもせず、口惜《くちお》しげに炎をみつめている。
が、その横顔はどことなく、笑っているようにもみえた。
何かおかしい。妙な気分だ。
八郎兵衛の抱いた疑念は、猛《たけ》りたつ劫火《ごうか》に呑みこまれていった。

雪の別れ

一

如月啓蟄《きさらぎけいちつ》。

眼下の大川《おおかわ》は雪解け水を満々と湛《たた》えている。

余寒はまだあるものの、今日は朝から快晴となり、黒紋付に袴《はかま》を身に着けてそぞろに歩けば汗ばんでくるほどだ。

八郎兵衛は紋付袴など持っていない。

いつもどおり黒橡《くろつるばみ》の着流しで、おはつの白無垢《しろむく》姿に目を細めている。

「花嫁にとっちゃ絶好の嫁ぎ日和《びより》になったぜ」

隣に立つ金四郎も、嬉しそうにつぶやいた。

おはつは長治のもとを旅立ち、日本橋の薬種問屋へ嫁いでいく。

深川一帯の住人たちから祝福を受けながら、表櫓《おもてやぐら》から佐賀町までは小舟で油堀を移動してきた。そして、永代橋の東詰めからは父親に手を引かれ、長さ百十間《けん》の長大な橋を徒歩で渡っていくのだ。

橋の西詰めでは、花婿《はなむこ》が待っていた。

角隠《つのかく》しに白無垢の花嫁は一歩一歩、幸福へ近づいていく。

誰もが羨《うらや》むような粋《いき》な演出《はからい》を考えたのは、金四郎にほかならない。

「卒都浜の主人にゃ世話になっているからな、愛娘《まなむすめ》の門出を派手に祝う良い知恵はねえかと頼まれりゃ、ぽんと胸を叩《たた》かねえわけにゃいくめえ」

永代橋はいっとき、おはつの夢を繫《つな》ぐ橋になりかわる。

なるほど、これなら長治もさぞや満足であろうと、八郎兵衛はおもった。

「へへ、ずいぶん知恵を絞ったんだぜ」

永代橋は深川の町方持ちで、通行人ひとりにつき二銭の橋銭を取る。金四郎によれば、今日のめでたい門出にあたり、長治は橋銭として五十両もの大金を深川の名主あてに届けたという。

名主は祝儀代わりにと、広小路に辰巳《たつみ》芸者や幇間《ほうかん》を呼びよせ、三味線《しゃみせん》や太鼓で景気づけをやってくれた。今は深川南三番組の町火消したちが勢揃《ぞろ》いし、雄壮な木遣《きや》りで花嫁を送りだそうとしているところだ。

「よおん、やりょう、めでためでたの若松様よ」

鳶《とび》たちの凜《りん》とした声音《こわね》に、張りつめた空気が震えだす。

花嫁の手を握る長治の目には、うっすら涙が光っていた。

気のせいか、横顔が老けこんだようにもみえる。

一方のおはつは、嫁ぐのをあれほど嫌がっていたにもかかわらず、人が変わってしまったかのようだ。角隠しのせいで表情こそ窺《うかが》えないが、父の誘いにしおらしくしたがっている。

なにやら口惜《くちお》しい気もした。橋向こうに渡ってしまえば、よほどのことでもないかぎり、おはつは帰ってこない。二度と親しげに会話を交わすこともあるまい。そうおもうと、淋《さみ》しくなった。

「ほんとうに、めでてえな」

金四郎まで感極まり、ぐすっと洟《はな》を啜《すす》った。

長治とおはつは刺子《さしこ》半纏《はんてん》の火消したちをしたがえ、幅三間一尺五寸の永代橋を渡っていく。

清々《すがすが》しさと物淋しさをともに味わいながら、八郎兵衛は広小路から去りかけた。

「ちょいと待ってくれ。伊坂さん、祝い酒でも飲《や》ろうや」

金四郎が小太りのからだを揺すり、追いかけてきた。

黒紋付の芸者もひとり、それと気づいて駈けてくる。

いつぞやか、座敷で命を助けてやった菊之助であった。

三人は連れだって、油堀に沿った細道を東へ向かった。

右手には南部家の下屋敷が佇《たたず》み、白い海鼠壁《なまこかべ》が一町ばかりつづく。

見事に色づいた紅梅が、塀のうえから枝を垂らしていた。

「艶《あで》やかなもんだ。なあ、菊之助」

「まるで、花嫁の朱唇《くちびる》のようだねえ」

「へへ、うめえことを抜かすじゃねえか」

金四郎は微笑《ほほえ》み、菊之助の肩を抱きよせる。

仲の良いふたりのことが、八郎兵衛は羨ましかった。

二

天保《てんぽう》十二年は、新たな時代の幕開けとなった。

閏《うるう》一月晦日《みそか》、大御所になってからもふくめて五十年余りも権力の座に居座りつづけた徳川家斉が崩御《ほうぎょ》したのである。

家斉は市井《しせい》の人々に「種馬将軍」と揶揄《やゆ》されたとおり、政道《まつりごと》を蔑《ないがし》ろにして大奥へ入りびたった。政道の舵《かじ》を握ったのは権力者の寵愛《ちようあい》を一身に受けた側室とその親族、あるいは、利殖と保身に血道《ちみち》をあげる側近どもにほかならない。

読本《よみほん》や歌舞伎は家斉治世下の化政《かせい》期に熟成をみたものの、つぎに訪れた天保の大飢《き》饉《きん》によって諸国は疲弊の極《きわ》みに達した。餓《う》えと疫病《えきびよう》、間引きに身売り、略奪に放火に辻斬《つじぎ》りなどが横行し、路頭に迷う幼子たちや路傍を徘徊《はいかい》する物乞いたちがめずらしい光景ではなくなった。

幕府の無為無策は疲弊に拍車をかけたものの、四年余りもつづいた未曾《みぞう》有の飢饉はようやく終息しつつあり、昨年は復興の年になるはずであった。なるほど、江戸や大坂の再生は進んだが、地方はいまだ黒雲に覆われたままだ。

暗愚な家斉が逝《い》き、時代は大きく変容しつつある。

老中首座の水野《みずの》越前《えちぜんの》守《かみ》忠邦《ただくに》が陣頭指揮を執り、声高《こわだか》に「改革、改革」と叫びつつ庶民に倹約を徹底させるなどの締めつけ策に打ってでようとしていた。

「これまでの御政道は川の水を笊《ざる》で掬《すく》っていたようなものさ。だがな、これからは水抜きのねえ鉄鍋《てつなべ》に取ってかわる。窮屈な世の中になるぜ。今日みてえな派手な祝言でもやった日にゃ、間髪入れず牢屋《ろうや》へぶちこまれるって寸法さ」

金四郎は渋い顔で吐き、菊之助に酌をさせた。

箱庭に植えられた紅梅が、咲きほころんでいる。

雪見障子を開けると、濃厚な木の香が漂《ただよ》ってきた。

連れてこられたところは、木場に近い小料理屋の奥座敷だ。

「ここはおいらの隠れ家でね、菊之助しか知らねえのさ」

「ほう」

「なんとなく、おめえさんを連れてきたくなった。ここでなら何を喋《しゃべ》っても構わねえよ。御政道を槍玉《やりだま》にあげて憂さを晴らしてもいいんだぜ。告げ口するやつはいねえかんな」

「わしに何を喋らせようというのだ」

「下心なんざねえ。さあ、呑《の》みねえ。菊之助、酌をしてさしあげな」

「はい」

菊之助は膝《ひざ》をくずし、馴《な》れた仕種《しぐさ》でしなだれかかってくる。

注《つ》がれた酒を呷《あお》ると、金四郎がまた喋りだした。

「この国は小せえ島国だ。お隣の清国《シン》で何が勃《お》こっているか知ってるかい。戦《いくさ》だよ。阿片《アヘン》をめぐって清国と英国《エゲレス》が戦をやっているんだ。それも、ただの戦じゃねえ。鋼鉄の巨船と大筒《おおづつ》を使った大戦だぜ」

阿片だの大筒だのと言われても、八郎兵衛にはさっぱりわからない。

そもそも、遊び人の金四郎がなぜ、他国を揺るがすような一大事を知っているのか不思議だった。眉《まゆ》に唾《つば》をつけて聞くしかあるまい。

「無理もねえさ」

阿片戦争勃発《ぼっぱつ》の報は、昨夏、オランダ商館から密《ひそ》かに幕府へもたらされた。

老中の水野忠邦はこれを受け、即刻、箝口令《かんこうれい》を布《し》いた。そのころ、忠邦は出羽《でわ》庄内《しょうない》藩、越後《えちご》長岡《ながおか》藩、武蔵《むさし》川越《かわごえ》藩の三藩にたいして三方領地替えを命じ、庄内の領民たちから猛反発を食らっていた。

右の命なども世間の注目を内へむける策謀にちがいないと、金四郎は睨《にら》んでいる。

「何でこんなはなしをしているのか、おめえさんにゃ見当もつくめえ。じつはな、阿片も大筒も卒都浜の長治に聞いたはなしだ」

昨年の夏から秋にかけて、陸奥《むつ》外ケ浜の辺鄙《へんぴ》な海岸に清国の漁船が相次いで漂着した。いずれも戦火から逃れてきた漁師たちで、管轄の弘前藩はすべてを秘匿するために漁師たちを捕縛し、水牢へ押しこめてしまった。ところが、何人かは逃げおおせ、鄙《ひな》の人々に清国の現状を伝えたのだという。

「長治がそのはなしを聞いたのは、今から三月《みつき》もめえのことさ。いってえ、誰に聞いたとおもうね」

「さあ」

「蝦夷屋利平だよ」

「え」

「おめえさんが百足の陣五郎を屠《ほふ》ったすぐのち、利平はどっかへ消えちまった。いまだに杳《よう》として行方《ゆくえ》は知れねえ。そこで囁《ささや》かれはじめたのが、晦日の晩の押しこみは狂言だったんじゃねえかという噂《うわさ》だ」

「狂言」

盗人《ぬすっと》に蔵を襲わせたのも、家屋敷を焼かせたのも、もっと言えば美倉橋で待ちぶせに遭ったことも、ぜんぶ狂言だったとしたらどうすると、金四郎は悪戯《いたずら》っぽく微笑《ほほえ》んでみせる。

「蝦夷屋がわざとやらせたにちげえねえと言う者がいる」

「蔵を襲わせて蝦夷屋になんの得がある」

「そいつがわからねえ」

「ふん、肝心なことがわからんのか」

「わかってんのは、蝦夷屋もそのめえに焼かれた奥州屋も津軽屋敷の御用達だったってことさ。一連の禍事《まがごと》にゃ弘前藩十万石が関わっている」

「おぬし、大目付《おおめつけ》の手先か」

「はずれ」

「だったら何者だ。なんのために首を突っこむ」

「おいらはな、悪党どもから江戸を守りてえだけさ」

「きれいごとを抜かすな」

「ま、そう言われても仕方ねえ」

金四郎は菊之助に目配せし、美味《うま》そうに酒を呑む。

「清国から逃げだした漁師たちのはなしに戻るが、連中は身ひとつで逃げてきたわけじゃねえんだ」

「というと」

「阿片さ。そいつを大量に運んできやがった。弘前藩の連中がぜんぶ横取りしちまったらしいがな」

金四郎は、阿片の魔力を説いた。

「空恐ろしい麻薬さ」

阿片を吸引した者は夢心地になり、自分ひとりで世の中を動かしているような錯覚に陥る。やがて、阿片なしでは生きていけなくなり、効き目が切れると恐ろしい禁断症状にさいなまれる。阿片を手に入れるためなら人殺しでもなんでもするようになり、気づかぬうちに身も心も蝕《むしば》まれ、仕舞いには骨までぼろぼろになって死んでしまう。

常習者が死にいたる凄惨《せいさん》な経緯《いきさつ》を聞き、菊之助は耐えられなくなって部屋から出ていった。

金四郎は構わずにつづける。

「阿片てな商売にすりゃ莫大《ばくだい》な富をもたらす。そいつのせいで大国同士が戦までおっぱじめたんだからな。蝦夷屋は十万両もの金を貯めていやがったんだろう。ひょっとしたら、そいつで阿片を買おうとしていたのかもな」

莫大な富は飢饉で疲弊した藩の台所を潤す。藩と御用商人が結託すれば、阿片を大量に仕入れ、闇に流通させるのはさほど難しいことではない。

「色街に流しでもすりゃ、あっというまにひろまるぜ。千代田城の大奥なんぞも苗床《なえどこ》になりそうだ。どっちにしろ、阿片がひとたび市井に出まわったら、取りかえしのつかねえことになる」

藩を弘前藩、御用商人を蝦夷屋に当てはめることもできると、金四郎は声をひそめた。蝦夷屋が百足一味に焼かれ、利平が失踪《しっそう》した裏には、どうやら、複雑なからくりが隠されているようだ。

「おめえさん、そいつを探ってみる気はねえか」

金四郎に真剣な眼差《まなざ》しを向けられ、八郎兵衛は眉間《みけん》に皺《しわ》を寄せた。

「なぜ、わしが探らねばならぬ」

「そりゃ、蝦夷屋に関わっちまったからさ。それだけじゃねえ。おめえさんは一匹狼《おおかみ》だ。義理立てする相手もいねえし、しがらみのねえところがいい」

「人を値踏みし、何を企《たくら》んでおる」

「だから、おいらは江戸を守りてえだけさ。なんなら報酬を払ってもいいぜ」

「いくら」

「やり方にもよる。命懸けでやるってなら百両出してもいい」

いったい、どこにそんな大金を捻出《ねんしゅつ》できる才覚があるというのか、八郎兵衛は金四郎を疑ってかかった。

「用事はそれだけか」

「今のところはな」

「失礼させてもらう」

「そいつが返答かい」

「わるいが、ほかを当たってくれ。厄介事に関わりたくないのでな」

八郎兵衛は大小を摑《つか》み、やおら立ちあがった。

「あきらめねえぜ。いずれ南町の虎を飼いならしてやらあ、ふはは」

金四郎は豪快に嗤《わら》い、ぱんぱんと手を打った。

「おい菊之助、頑固者のお帰りだぞ」

「はあい」

金四郎は座敷に居残り、菊之助だけが玄関口まで見送ってくれた。

「さようなら。根性無しのお侍さん」

人を小馬鹿にする辰巳芸者の台詞《せりふ》が、いつまでも耳に残った。

三

数日が経《た》ち、金四郎と酒を呑んだ記憶も次第に薄れていった。

八郎兵衛は『卒都浜』の長治に誘われ、亀戸《かめいど》天神へ梅見に出掛けた。

深川から小舟に乗り、十間川を遡上《そじょう》して天神橋のたもとで陸《おか》へあがる。

薄曇りのせいか、いつもより人出は少ない。参道に露店を並べた香具師《やし》たちも暇そうにしている。

ぽつりと、長治がこぼした。

「おはつには困ったものです」

「なぜ」

「昨日ひょっこり顔を出しましてな、実家へ帰りたいなぞと抜かす。夫婦喧嘩《みょうとげんか》をしたわけでもなし、これといって理由もないのだが、先様の若旦那《わかだんな》が乳離れのできぬ幼子にみえて仕方ないのだとか」

「帰りたいなら、そうさせてやればいい」

「とんでもない。いちどくれてやった娘は赤の他人も同然ですよ」

「強がりを申すな」

「おはつのやつ、伊坂さまのことをずいぶん気に掛けておりました。ご迷惑でしょうけれど、あなたさまの悲しげな眼差しが忘れられない。人はどうしたら、ああまで悲しい顔になれるのか、教えてほしいと手前にしつこく質《ただ》すのです」

「わしは家も身分も捨て、当て所《ど》もない旅に出た。旅の途上で盗人の情婦に惚《ほ》れ、情婦のあとを追って死のうとした。そんな情けない侍のはなしでも、娘にして聞かせたのか」

「とんでももござりません」

「おぬしの娘は、わしにこう言った。男に死ぬほどのおもいで惚れられてみたいとな」

「まったく、困った娘だ」

長治はひとりごち、息を呑んだ。

眼前に、紅白の花を咲かせた梅林が波のようにひろがっている。

「絶景ですな」

「ふむ」

八郎兵衛は許嫁《いいなずけ》の京香と亀戸天神に訪れた日のことをおもいだした。

いっしょになると心に決めていたので手を繋ぎたい衝動に駆られたが、どうしてもできなかった。

「伊坂さま、何を考えておられます」

「別に」

「もしや、好いたおなごのことではございませぬか。ふふ、図星ですな。じつはそのお方のご不幸を耳にいたしましてな」

「何だと」

驚いてことばを失うと、長治は勝手に喋りだした。

「たしか、京香さまと仰《おつしや》りましたな。八丁堀ではどぶ溜《だめ》に鶴が舞いおりたと評されたほどの美人とか」

長治は一拍間を置き、信じがたいことを言った。

四年前、京香は八郎兵衛と別れてしばらくのち、田所采女の後妻にはいったというのだ。

「ご存じでしたか」

「……い、いいや」

鉄砲洲《てつぽうず》稲荷《いなり》でみた女は、やはり、京香にまちがいなかった。

江戸に戻ってからも、愛《いと》しい相手の消息を知ろうともしなかった。

そのまま知らずにいればよかったのかもしれない。だが、最初からそれはできない相談だった。

長治はつづける。

「されば、後妻になられた経緯《いきさつ》もご存じありますまい」

それは正妻を失ったばかりの田所が、強くのぞんだことだった。

八郎兵衛の赦《ゆる》しがたき行状を不問にするかわりに「言うことを聞け」と、なかば強引に迫ったらしい。

「伊坂さまは、とある宴席で田所さまを痛罵《つうば》し、それが原因《もと》でお立場をお悪くされたとか。しかし、よくよく調べてみますと、田所さまのほうから焚《た》きつけた節がある。わざとやったのですよ。伊坂さまを江戸から追放するために」

「最初《はな》から京香を狙《ねら》っていたと」

「おそらくは」

「うがちすぎだ」

たとい、そうであったにせよ、今さらどうなるものでもない。

失われたときを取り戻すことはできぬ。

八郎兵衛と別れ、傷心の京香は抵抗する術《すべ》もなく田所の誘いを受けた。

「それが不幸のはじまりでした」

長治はどうやって調べたのか、田所の亡くなった前妻についても言及する。

「世間では病死とされておりますが、首を縊《くく》ったのだそうです。夜毎《よごと》、子のできぬことを詰《なじ》られ、茨《いばら》の笞《むち》で打たれたり、線香で皮膚を焼かれるなどの苦痛を与えられた。そうしたあげくの悲劇だったと申す者もおります」

耳を疑いたくなった。

いずれにしろ、狂気じみた男のものとなった京香が幸福であろうはずはない。

それでも、京香は嫁いでしばらくして男の子を産みおとしたという。

「その子が去年の暮れに流行病《はやりやまい》を患《わずら》い、寝込んでしまった。可哀想に、つい三日ほどまえに亡くなったそうです」

八郎兵衛は、身じろぎもせずに耳をかたむけている。

京香は鉄砲洲稲荷の裏にある祠《ほこら》で、熱心に祈りを捧げていた。

あれはきっと、男の子の病気平癒《へいゆ》を願ってのことだったにちがいない。

「ご主人。なぜ、わしと縁の切れた女のことをはなす」

「お聞かせしときたかっただけですよ。人生には積みのこしてよいことと、そうでないことがござります」

「わしにどうせよというのだ」

「京香さまの不幸は、伊坂さまを失ったことでござります。その気があるなら助けておあげなされ」

「助けるだと」

「田所采女のもとから、一刻も早く逃してさしあげるのです」

「おぬしがそれほどのお節介焼きとは知らなんだ。わからぬな、色街で茶屋を営むおぬしがなぜ、糞《くそ》与力の後妻になった女にこだわる」

「これも天命かと」

「天命」

「それ以上はご勘弁を」

長治はさきに歩み、本殿へ詣《もう》でた。

それから、ふたりは大釜《おおがま》で煮た渋茶を馳走《ちそう》になり、裏門から出て不動院のほうへ廻《まわ》りこんだ。

北へまっすぐ延びる登り坂の右手には社寺の甍《いらか》、左手には津軽家下屋敷の海鼠壁が畝々《うねうね》とつづいている。

――ごおおん。

本所横川町の時の鐘が鳴り、四つ半を報《しら》せた。

ふと、坂の上をみやれば、御高祖頭巾《おこそずきん》の女が葛籠《つづら》を負った中間《ちゅうげん》をともない、急ぎ足で坂を下りてくる。

「ん」

八郎兵衛は足を止め、くるっと踵《きびす》を返した。

眸子《まなこ》は血走り、片頬《かたほお》の火傷《やけど》はひくついている。

対峙《たいじ》する長治は、正面を見据《みす》えたままだ。

「伊坂さま、振りかえってごらんなされ」

恐る恐る振りかえると、女と中間は煙のように消えていた。

「何も不思議なことではない。あすこに津軽屋敷の勝手口がござります」

ふたりが津軽屋敷へ訪れることを、長治はあらかじめ知っていたのだ。

「おぬし、仕組んだな」

女は京香であった。

中間の顔も見知っている。田所家に仕える源十《げんじゅう》という四十男で、腰に差した木刀には白刃が仕込んであった。

「京香さまはああして十日に一度、きまって四つ半に下屋敷へおみえになります。そして小半刻《こはんとき》もせぬうちに、勝手口から出てこられる」

田所采女に使わされたのだ。京香の怪しい行動もさることながら、八郎兵衛は長治の狙《ねら》いをはかりかねた。

「とある件で津軽屋敷を探っておりましたところ、たまさか南町奉行所に籍を置く吟味方与力の奥方さまが網に掛かった。さらにいろいろ調べたら、南町の虎と呼ばれた廻り方同心に行きつきました。さきほど、天命と申しあげましたのは、そうしたおりもおり、伊坂さまと知りあう機会を得たからにござります」

「わしを卒都浜に紹介したのは、遊び人の金四郎だ。あやつといい、おぬしといい、なにゆえ密偵まがいのことをしておる」

「金四郎さんも仰ったはず。わたしらは江戸を守りたいだけですよ」

「阿片か」

「確乎《かっこ》たる証拠はござりませぬが、早晩、津軽家の重臣どもは清国の漁師から横取りした阿片を横流しする腹でいる。阿片がひとたび市井に出まわったら、取りかえしのつかないことになりましょう」

「わしには関わりのないことだ。巻きこまんでくれ」

長治の眸子がきらっと光った。

「伊坂さま、百足の陣五郎が生きているとしたら、どうなされます」

「戯《ざ》れ言《ごと》を吐くな。陣五郎はこの手で斬った」

「そいつが本物だという証拠はない。金四郎さんも仰ったでしょう。蝦夷屋の火付けは狂言だったかもしれぬと」

たしかに聞いた。気に掛かる発言だった。

「以前にも申しあげたとおり、手前はそのむかし屋尻切りの異名で呼ばれておりました。そのころ、同じ盗人に毘沙門《びしゃもん》の異名をもつ男がいた。偏屈な爺《じい》さんでしたが、盗みの技倆《うで》は一流だった」

やがて、毘沙門は足を洗い、風の噂では陸奥のどこかで商売をはじめたと聞いた。

「生きてりゃたぶん、八十を超えておりやしょう。爺さんには宿場女郎に産ませた子がひとりおりました」

「まさか、その子が」

「毘沙門天のつかわしめは百足にござります。百足の陣五郎は毘沙門の子にちげえねえ」

しかも、蝦夷屋利平こそが陣五郎なのだと、長治は苦々しく言いはなつ。

「利平の顔をはじめてみたとき、誰《だれ》かに似ているとおもったんだ。でも、そいつが誰かはおもいだせなかった。毘沙門の爺さんに面影が似ていると気づいたときは後の祭り、利平はすがたをくらましたあとだった。やつめに一杯食わされました。もう少し早く正体に気づいておれば、打つ手があったかもしれぬ」

一方、利平は長治の素姓を知ったうえで近づいた。

「くそっ」

八郎兵衛は、ぎりっと奥歯を嚙《か》む。

「お怒りになるのも無理はない。伊坂さまと利平を繋いだのは、間抜けな手前だったのですからね。まことに、ご迷惑をお掛けしました」

「もうよい。済んだことだ」

利平こと陣五郎は八郎兵衛に偽の陣五郎を討たせ、百足小僧を人々の記憶から消しさろうとした。

八郎兵衛は、まんまと利用されたのだ。

「いったい、何のために」

「火盗改《かとうあらため》や町奉行所の探索から逃れるためでございましょう」

長治は溜息《ためいき》まじりに言った。

狂言は図に当たった。偽百足小僧の死によって、少なくとも火盗改の探索は打ちきりとなり、悪事の真相は闇《やみ》に葬られつつあるという。

「それと同時に、いよいよ、巨大な闇が蠢《うごめ》きはじめたのでございます」

「巨大な闇だと」

「はい」

長治は唐突に口を噤《つぐ》み、顎《あご》をしゃくった。

振りむけば、御高祖頭巾の女と中間が坂道を登っていくところだ。

源十の担ぐ葛籠は、あきらかに重みを増している。

小判だなと、八郎兵衛はおもった。

四

如月八日は事納め、家々では正月の飾りを取りはずす。

武家でも町屋でも女は針供養をおこない、夕餉《ゆうげ》には芋《いも》や牛蒡《ごぼう》や人参《にんじん》や焼豆腐などを味噌《みそ》でごった煮にした六質汁《むしつじる》を食す。

一色町の裏長屋にも、幾筋もの炊煙が立ちのぼっていた。

八郎兵衛は自分でこしらえた六質汁を啜り、空腹を満たしたところだ。

「さて」

考えねばならないことがふたつある。

ひとつは、すがたを消した蝦夷屋利平が盗人の首魁《しゅかい》かもしれぬという点だった。

長治のはなしが真実ならば、八郎兵衛は体《てい》よく利用されただけのはなしになる。

「赦せぬ」

草の根を分けてでも蝦夷屋を捜しだし、真相を訊《き》きだしたうえで、返答によっては息の根を止めねばなるまい。

さらにもうひとつは、京香のことであった。

田所の後妻になった経緯を知るにつけ、未練はいっそう募る。

だからといって、京香を生き地獄から助けだすには決意がいる。

助けだすことはできても、京香のすべてを受けいれる自信がなかった。

孤独に馴《な》れた身にとって、女ひとりの人生を抱えこむのは容易でない。

そもそも、京香は助けられることをのぞんでいるのだろうか。

八郎兵衛は邂逅《かいこう》を恐れた。

どの面《つら》さげて逢《あ》えばよいというのだ。

一方、田所采女への憤《いきどお》りは再燃しつつあった。

津軽家に取りいり、甘い汁を吸っているのだろう。

ひょっとすると、百足小僧のごとき兇悪《きょうあく》な群盗が跳梁《ちょうりょう》できたのも、田所が吟味方与力の立場を利用しながら裏で手をまわしていたせいかもしれない。

八郎兵衛は残忍で油断のならぬ田所の性分をよく知っていた。そうした人物が治安の要《かなめ》に鎮座しているかぎり、江戸は犯罪の温床となりつづける。阿片などがもちこまれたら、ひとたまりもあるまい。

四年半前、田所を斬ろうとおもったことがあった。

一揆《いっき》を煽動《せんどう》したとして罪もない百姓たちを捕らえ、ろくな調べもせずにつぎつぎと処罰を下す態度が赦せなかった。

そのとき、田所は笑いながらこう言った。

「どれだけ屠《ほふ》ったところで雨後の筍《たけのこ》のごとく顔を出す。それが百姓というものだ」

刺しちがえてもよいとまでおもったが、八郎兵衛はすんでのところで踏みとどまった。

命が惜《お》しくなったのだ。

田所のようなつまらぬ男を斬るよりも、しがらみを捨てて気ままな生き方がしてみたくなった。

が、やはり、宿縁からは逃れられそうにない。

八郎兵衛は運命の糸に手繰《たぐ》りよせられたかのように、江戸へ舞いもどってきた。

「先生、先生、おられますか」

若い男の声で、われにかえった。

腰高障子に人影が浮かんでいる。

「俵太か」

「へい、ちょいとご足労願いてえので」

「わかった」

八郎兵衛はすっと立ちあがり、大小を腰に差した。

雪駄《せった》をつっかけ、なんの疑いもなく俵太の背にしたがう。

まだ八つ刻というのに、空は夕暮れのように昏《くら》い。

凶兆を暗示する空模様であった。

俵太は表櫓を通りすぎ、永代寺の門前町から大路を右手に折れた。

「おい、どこへ行く」

たまりかねて呼びかけても、俵太の足は止まらない。

「そこの、がたくり橋を渡りやす」

「なんだと」

漁師町へ通じる蓬萊《ほうらい》橋は、古くて軋《きし》むために「がたくり橋」の異称がある。

俵太は橋を渡って左手へ曲がった。

妙だなとおもったが、深く考えずに従《つ》いていく。

大名の下屋敷をふたつほど越えると、灰色の江戸湾をのぞむ洲崎へ出た。

物淋しい細道を東へ進めば、遠くの行きどまりに弁財天《べざいてん》の鳥居がみえてくる。

空にはどす黒い雲がわだかまり、冷たい海風が背の高い草叢《くさむら》を一斉に靡《なび》かせた。

「連れてきやしたぜ」

俵太はあらぬ方角へ叫びかけ、さっと草叢へ飛びこんだ。

「おい、どこへ行く」

いまさら呼びかけても遅い。大勢の気配が潜んでいた。

罠《わな》と察することはできても、罠に塡《は》められるおぼえはない。

「伊坂八郎兵衛、久方ぶりじゃのう」

聞きおぼえのある太い声を耳にし、ようやく相手の正体がわかった。

「尾関唯七《おぜきただしち》か」

「さよう」

鎖帷子《くさりかたびら》に鎖鉢巻きといった捕物出役の扮装《いでたち》であらわれたのは、南町奉行所で廻り方をつとめる元同僚にほかならない。

尾関は八郎兵衛とくらべても遜色《そんしょく》のない体格をしており、顔つきも獰猛《どうもう》だった。

「それが南町の虎と恐れられた男の成れの果てか。噂には聞いておったが、落ちぶれたものよのう」

「何か用か」

「ほっ、脳味噌まで腐りおったのか。この扮装をみりゃわかるであろう。おぬしに縄を打つため、わざわざ出張《でば》ってきたのさ」

「縄を打たれるおぼえはない」

「ふふ、野良犬はみな、おぼえがないとほざく。されど、おぬしが夜鷹《よたか》殺しの下手人《げしゅにん》であることは明々白々よ」

「夜鷹殺しだと。それが罪状か」

「去年の暮れ、本所撞木橋《しゆもく》のそばで、おたねという夜鷹が辻斬りに遭った。ほかにも物盗《ものと》り目当ての辻斬りが頻発《ひんぱつ》しておる。殺《や》ったのは人の血に餓《う》えた野良犬、つまり、おぬしのことさ」

尾関は頰に笑みすら浮かべ、悪党どもの書いた筋書きを喋った。

「おぬし、田所采女に命じられたな」

「ま、そういうことだ」

尾関は、あっさりみとめた。

「なぜだ。おぬしは謂《い》われなき理由で処刑された百姓たちに、あれほど同情しておったではないか」

「時は移ろう。それだけのことだ」

「田所の犬になりさがったのか」

「これも生きるためよ」

妙に納得しつつ、八郎兵衛は問うた。

「糞与力はなぜ、わしのことを知ったのだ」

「南町の虎が江戸へ舞いもどったと、密告した者でもあったのだろうよ」

「蝦夷屋利平。いや、百足の陣五郎か」

「はあて」

「吟味方与力が群盗の首魁と裏で繋《つな》がっておるのだな」

「おぬしのごとき野良犬が穿鑿しても詮無《せんな》いこと」

夜鷹のおたねは、百足小僧を探っていた卯之吉の遺言を北町奉行所へ訴えでた。そのせいで、田所の息が掛かった連中に消された。にもかかわらず、おたねは辻斬りの餌食《えじき》になったものとされ、八郎兵衛は下手人に仕立てあげられようとしている。

「田所さまは嘆いておられたぞ。まがりなりにも廻り方をつとめたことのある者が、かような残虐な行為におよぶとは世も末だとな」

「ひょっとして、田所采女はわしを恐れておるのか」

「おぬしのごとき虫けらを、鬼与力どのがなにゆえ恐れねばならぬ」

「京香だ。わしが命懸けで奪いにくるものと、恐れておるのではないのか」

「知らぬ。わしはただ、命じられたままに動くだけさ。伊坂よ、あきらめろ。江戸へ戻ってきたのが運の尽きじゃ」

尾関は、さっと右手をあげた。

草叢がざわめき、物々しい扮装の捕り方どもがあらわれた。

一瞬、八郎兵衛は目を疑った。

捕り方の数は五十を遥《はる》かに超えている。

「尾関、ずいぶん仰々しいではないか」

「わしもそうおもったがな、田所さまがこうせよと厳命されたのよ。野に放たれた虎が行く先々でいかに暴れまわったか、耳に胼胝《たこ》ができるほど聞かされた。おぬしには百人斬りの異名まであるらしい。わしはいっこうに恐《こわ》くないぞ。白刃で尋常に勝負して五分にわたりあう自信はある。が、無駄なことはやめておこう」

八郎兵衛は、捕り方との間合いをはかった。

かつては自分も十手を握っていた身、さすがに小者《こもの》たちを斬るのは気が引ける。

だが、ひとりの血も流さずに逃げるのは、どう考えても難しそうだ。

「囲め、囲め」

大勢が輪になり、徐々に囲みを縮めてきた。

「それ、怯《ひる》むな」

梯子《はしご》を抱えた連中が前面に押しだされてくる。

八方から梯子攻めにされたら逃れる術《すべ》はない。

「伊坂よ、お縄につけ」

尾関に促され、八郎兵衛は溜息を吐《つ》いた。

さっぱりした顔で、大小を鞘《さや》ごとを抜いてみせる。

「それっ、搦《から》めとれ」

「うおおお」

捕り方どもの喊声《かんせい》が野面に轟《とどろ》いた。

死を覚悟した八郎兵衛には何も聞こえない。

吹きすさぶ風の音すら、聞こえていなかった。

五

八郎兵衛は縄を打たれ、数寄屋《すきや》橋御門内にある南町奉行所の仮牢《かりろう》へ入れられた。

通常、罪人は入牢証文を作成する二、三日間は仮牢に入れられ、それから小伝馬《こでんま》町の牢屋敷へ送られる。さらに、何日か経って奉行所へ呼びつけられ、腰掛けと称される公事人《くじびと》控所にて吟味方与力の取調を受けることとされていた。

八郎兵衛にとって四年半ぶりの奉行所は懐かしい気もしたが、どちらかといえば嫌な思い出のほうが詰まっている。

もちろん、今は思い出に浸っている余裕などない。

裁きは罪人の自白をもって結審し、自白の得られない重罪人は老中の許可を得たうえで拷問にかけられる。牢屋敷の穿鑿所にて海老《えび》責め、吊り責めといった責め苦を与えられ、罪を白状するまで拷問はつづけられた。が、これとは別に正規の段取りを経ない責め方のあることを、八郎兵衛は熟知している。

入牢証文ができあがるまでのあいだ、罪人を痛めつけて半殺しの目に遭わせるか、もしくは、責め殺してしまうこともあるのだ。

南町奉行所の北東、鬼門の位置には土蔵が三つ並んでいた。

三つのうちのまんなかは「二番蔵」と呼ばれる拷問蔵にほかならない。

南町奉行の筒井《つつい》紀伊守《きいのかみ》も歴代の奉行とおなじく「二番蔵」の存在を知っていながら知らないふりをした。

あまりに罪人が多すぎるため、裁きを円滑におこなうには拷問蔵も必要と目されたからだ。それに、町奉行といえども差し出口を挟めば古参連中から無視され、役目に支障をきたす。したがって「二番蔵」の存在は厳重に秘匿された。表沙汰《おもてざた》になれば、多くの役人が腹を切らねばなるまい。

捕縛から三日三晩、八郎兵衛は厳しい責め苦を受けつづけた。

石抱きに笞《むち》打ちは無論のこと、本来なら老中の許可を必要とする海老責め、さらには拷問のなかでももっとも苛酷な吊り責めまでがおこなわれた。

褌《ふんどし》ひとつで後ろ手に縛りあげられ、天井の太い梁《はり》に吊されるのだ。

肩や腕の骨が軋み、気絶しかけるたびに、足許の棺桶《かんおけ》に張られた冷水のなかに浸《つ》けられた。

髪はざんばらになり、顔やからだには蚯蚓《みみず》腫れや擦《す》り傷が無数に見受けられる。

肋骨《ろっこつ》は何本か折れ、縛られた手首は紫色に鬱血《うっけつ》していた。

それでも、八郎兵衛は音《ね》をあげなかった。

嬲《なぶ》り殺されても、無実の罪を認めるつもりはない。

「しぶとい野郎だぜ」

笞を手にした尾関は、全身汗だくになっている。

「こっちが根負けしちまう」

蔵のなかは薄暗く、土間と板間を分かつ柱に龕灯《がんどう》がぶらさがっていた。

冷たい土間が大半を占め、十露盤板《そろばんいた》だの伊豆《いず》石だのといった責め道具が転がっている。

尾関のほかには手伝いの小者がひとりいるだけで、ほかには誰もいない。

拷問を命じた田所采女も、すがたをみせてはいなかった。

だが、そろそろ痺《しび》れを切らすころだと、八郎兵衛は朦朧《もうろう》となりながらも考えた。

「伊坂、白状せい。おぬしもわかっておるはずじゃ。嘘《うそ》だろうがなんだろうが白状すれば楽になる。苦しまずに死ねるのだぞ」

「ああ……わ、わかっておる」

「だったら罪を認めちまえ。おたねはわたしが斬りましたとな。そうすりゃ、こっちも二番蔵から解放される。三日ぶりに美味い酒が呑める」

「おぬしに……い、祝い酒だけは呑ませたくない」

「強情なやつめ」

出しぬけに縄が弛《ゆる》み、ざばっと水飛沫《みずしぶき》が舞いあがった。

心臓が凍りつく。水が鼻と口に流れこんできた。

水を張った棺桶のなかでもがき、死ねるものなら死にたいと願った。

ところが、息苦しくなった瞬間、絶妙の間合いで吊りあげられた。

夥《おびただ》しい水飛沫とともに、からだが宙へ浮きあがる。

太い梁が軋み、濡れた縄がぴんと張った。

腕の痛みはない。

感覚はすでに麻痺《まひ》している。

「くく」

何者かの嘲笑《ちょうしょう》が聞こえた。

眸子《まなこ》を開けると、陣羽織を着た与力が板間に座っている。

「……た、田所采女」

あいかわらず、脂ぎった蝦蟇《がま》のような面だ。

「虎もついに牙《きば》を抜かれたな」

田所は膝を摑んで立ちあがり、棺桶に近寄ってくる。

「伊坂、罪人になった気分はどうじゃ」

ぬっと差しだされた顔に向かって、八郎兵衛は唾《つば》を吐きかけた。

「うへっ、何をさらす」

田所は激昂《げっこう》し、指揮十手で腿《もも》の裏を叩きつけた。

「ぬぐっ」

八郎兵衛は呻《うめ》いた。さすがに応える。

「これだけの責め苦を与えても、抗《あらが》う力が残っておるとはな。さすが伊坂八郎兵衛、強靭《きょうじん》な精神をしておる」

「田所、おぬし、京香を騙《だま》したな」

「何を抜かすかとおもえば、自分で捨てた許嫁のはなしか。未練がましい男よのう。ふん、京香はみずからのぞんで、わしのもとへまいったのじゃ」

「嘘を吐くな」

「嘘ではない。京香はおぬしに捨てられ、気鬱の病になりかけた。そこへ、わしが救いの手を差しのべてやったのよ。あのままでは、おかしくなっていたかもしれぬ。もちろん、なに不自由のない暮らしなど望むべくもなかったであろう」

「おぬしは……き、京香に、むごい仕打ちをした」

「口惜《くちお》しいか。恨《うら》むなら、許嫁を寝取られたおのれを恨め」

「おぼえておくがいい」

「ほっ、化けてでるか」

田所は戯《おど》けた調子で言い、どのみち八郎兵衛は助からぬ運命にあることを告げた。

「伊坂、おぬしとは腐れ縁だ。最後に何かのぞみはないか」

「腹が減った」

「ふふ、おぬしらしいのう。腐った物相飯《もっそうめし》ならいくらでも食わしてやるぞ」

「うぬらは卯之吉を殺り、おたねも殺ったのだな」

「わしらではない。無論、殺った者は知っておるがの」

「美倉橋で蝦夷屋を襲った男のことか……たしか、赤い目をしておった。二百斤《きん》はあろうかという巨漢だ」

「わかっておるではないか、あれは鎧崎桂馬《よろいざきけいま》と申してな、梶派《かじは》一刀流の免許皆伝さ」

「津軽の者か」

「さよう、弘前藩江戸家老高山右膳《たかやまうぜん》さまの配下よ。なんでも津軽随一の剣客らしい。死んでいくおぬしが知っても詮無いことだがな」

蝦夷屋利平は町奉行所や火盗改から百足小僧との関わりを疑われていた。それでかねてから懇意にしている高山に協力を仰ぎ、みずからの嫌疑を晴らそうとした。そう考えれば、狂言を企てたことの説明にはなる。

「すでに察しているとおもうが、美倉橋の件も蔵を焼かれた件も、蝦夷屋が仕組んだ猿芝居じゃ」

「蝦夷屋利平が百足の陣五郎なのか」

「そのとおり。おぬしは駒《こま》として利用されたにすぎぬ」

八郎兵衛は奥歯を噛みしめる。

高山右膳なるもの、江戸家老が黒幕なのだろうか。

「高山なるもの、残虐非道な群盗と欲に目が眩《くら》んだ不浄役人をしたがえ、悪事を企《たくら》んでおるのか」

「知らぬ。わしはただ、何があろうと目を瞑《つむ》っておればよいだけのことさ」

「目を瞑るだけで十日に一度、葛籠いっぱいの山吹色を拝めるというわけだな」

「やはり、知っておったか」

「亀戸の津軽屋敷で京香をみた。中間の源十が重そうな葛籠を背負っておったぞ」

「ふう、危ういところじゃ。おぬしを捕まえておいてよかったわ。余計なことを言いふらされてもかなわんからの。さて、喋りはこれくらいにしておこう」

田所は指揮十手を帯に差し、尾関に顎をしゃくった。

「こやつを朝まで痛めつけよ」

「は」

「死んだらそれまでじゃ」

田所が乱暴に言いすてると、尾関は残忍な笑みを浮かべた。

「生きておるようなら、いかがなされます」

「朝一番で小塚原《こづかっぱら》へ運び、密かに斬首せよ」

「よろしいのですか」

「お奉行への言い訳なら任せておけ」

「かしこまりました」

「屍骸《むくろ》は埋めずに取り捨てよ。どうせ山狗《やまいぬ》どもの餌《えさ》になる。ぬは、ぬはは」

田所は肩を揺すって嗤《わら》い、血腥《ちなまぐさ》い「二番蔵」から消えていった。

「伊坂よ、聞いたとおりだ」

龕灯に照らされ、尾関の残忍な顔が迫ってくる。

八郎兵衛はどうにかして逃れる方法を探った。

六

吊り責めは薄明までつづけられ、八郎兵衛は小半刻《こはんとき》ほど気を失っていた。

気づいてみると、後ろ手十文字に縛られたまま土間に転がされており、尾関ではない若い同心が見下ろしている。

「ずいぶん痛めつけられたな」

冷静に吐きすてる同心は撫《な》で肩の優男《やさおとこ》だ。見知った顔ではない。

「よし、引ったてろ」

若い同心に合図され、これも見知らぬ小者ふたりに抱きおこされた。

人目を忍ぶように裏口から連れだされると、刺股《さすまた》や突棒《つくぼう》を手にした小者たちが十余名ほど控えている。

「手負いの虎に暴れられたら困るからな」

若い同心は薄い唇《くち》もとをねじまげ、誰にともなく囁《ささや》いた。

数寄屋橋下の船着場には、船手奉行の所有する鯨《くじら》船が待機していた。

おそらく、鍛冶《かじ》橋の手前で京橋川へ折れ、大川へ躍りだして一気に小塚原まで遡《そ》上《じょう》するのであろう。

そうおもっていると、鯨船は濠内《ほりうち》を北東へ漕《こ》ぎすすみ、目と鼻のさきに位置する呉服橋下の船着場へ乗りつけた。

八郎兵衛は猿轡《さるぐつわ》と目隠しをされ、小者に両脇《りょうわき》を抱えられて陸《おか》へあがった。

目を閉じていても、厳《いか》めしい建物の表門が脳裏に浮かんでくる。

導かれたところは、北町奉行所だった。

表門から入ってしばらく進み、左手に曲がる。

配置は南町奉行所と同じなので、どこへ向かっているのかは容易に想像できた。

白洲《しらす》だ。

八郎兵衛は玉砂利を踏みしめ、菰敷《こもじ》きのうえに正座させられた。

「縄を解け。目隠しと猿轡も取るのじゃ」

上座から重々しい声が聞こえ、さきほどの若い同心の手で縛《いまし》めが解かれた。

ゆっくり、瞼《まぶた》をあける。

目だけを動かし、注意深く周囲をみた。

田所采女も尾関唯七もいない。強面《こわもて》の蹲《つくばい》同心さえおらず、撫で肩の若い同心と小者数名が左右の端に控えているだけだ。そして、三間に仕切られた正面の座敷を見上げれば、奥の中央に裃《かみしも》姿の奉行らしき人物がぽつねんと座っていた。

薄暗いので、顔はよくわからない。

「これ、遠山左衛門《さえもんの》尉《じょう》さまの御前ぞ。頭《ず》が高い」

と、横から若い同心に叱責《しっせき》された。

八郎兵衛は平蜘蛛《ひらぐも》のように平伏《ひれふ》す。

折れた肋骨が、ずきりと痛んだ。

刹那《せつな》、遠山の疳高《かんだか》い声が白洲に響きわたった。

「おもてをあげい」

額《ひたい》をわずかに持ちあげると、ぱちんと扇子《せんす》を閉じる音が聞こえた。

妙だ。

八郎兵衛は、頬を抓《つね》りたい衝動に駆られた。

ここは白洲のはずだが、吟味方与力も書役《かきやく》同心もおらず、白洲の体裁をなしていない。しかも、罪人にたいして奉行が直々《じきじき》に声を掛けることなど、あり得ないはなしだった。

「さて、伊坂八郎兵衛とやら。夜鷹殺しの疑いを掛けられ、三日三晩にわたって拷問蔵へ留めおかれたと聞いたが、まことかそれは」

「……は、はい。まことにござります」

「知らなんだな。南町に二番蔵なるものがあろうとはのう。南町奉行の紀伊守に質《ただ》したらば、さような怪《け》しからぬ蔵なぞ知らぬ存ぜぬの一点張り。なれば、責め苦にあった本人に質してみたいと申しでたところ、渋々、そちを引きわたしてくれた」

八郎兵衛は遠山のことばを夢見心地で聞いていた。

白洲に座っている理由は、いまひとつはっきりしない。

が、遠山に救われたことだけは確かだ。

「引きわたしにあたって、条件をふたつ出されてのう。たとい、そちが二番蔵のことを喋っても表沙汰にせぬこと。さらには、そちに責め苦を与えた者たちの処分は南町奉行に一任すること。このふたつを紀伊守に約束させられた。わしとて、これ以上の手助けはできぬ。責め苦を与えられたことへの恨みは、みずからの手で晴らすしかあるまいぞ」

「ははあ」

狐《きつね》につままれたようなおもいを抱《いだ》きながら、八郎兵衛は深々と額《ぬか》ずいた。

「よし、こっからは無礼講でいこうじゃねえか。なあ」

突如、遠山は裃を脱ぎすてた。

着流しになって座敷を突っきり、幅一間の階段をとんとん下りてくる。

さらに白足袋《たび》で玉砂利を踏みしめ、髷《まげ》をひょいと斜めに捻《ひね》ってみせた。

八郎兵衛は両手をついたきり、呆気《あっけ》にとられている。

「まだわからねえのか、おれだよ」

「え」

「ほら、金四郎だよ」

人懐《ひとなつ》こそうな丸顔が、にっこり笑った。

「あ」

八郎兵衛は仰天し、石地蔵になってしまう。

と同時に、あらゆる疑念が氷解した。

遠山は屈《かが》み、鼻面を近づけてくる。

「呼び方なら、金四郎で構わねえぜ。へへ、こっちも呼び捨てにさせてもらう。なあ伊坂、ずいぶん痛めつけられたじゃねえか」

「は」

「卒都浜の長治ともども心配したんだぜ。まさか、おめえほどの遣い手が南町の捕り方なんぞに捕まるとはなあ」

「いったい、どうやって拙者《せっしゃ》を」

「捜しだしたのかって……ふふ、南町に間者を忍びこませてあったのさ。身内まで内偵したかねえが、背に腹は代えられねえ」

町奉行所の腐敗は、想像以上に深刻なのだ。

遠山はのんびりとした口調で語りはじめた。

「ちょうど一年前の春先、陸奥《むつ》の雄藩が抜け荷をやっているとの訴えが飛びこんできた。調べてみると、なるほど怪しかった。そいつらが扱っていた品は唐土《もろこし》渡来の薬種でな、御禁制の俵物《たわらもの》と交換に手に入れた品らしかった」

雄藩とは弘前藩十万石のことだ。江戸家老高山右膳の指揮下、抜け荷をおこなったのは蝦夷屋利平であった。

相手は大名家の重臣だけに本来は大目付の動くはなしだが、抜け荷の秘密を知った町人が三人も殺された。そのため、遠山は北町奉行に就任して早々、十万石の身代を揺るがしかねない重大事に関わった。

ところが、いくら探っても抜け荷の確乎たる証拠はあがってこない。

十中八九、町奉行所に内通者がいるものと考え、南北町奉行所の内偵をすすめたところ、吟味方与力の田所采女が浮上した。

「田所は南町きっての鬼与力とまで称される男」

勝手に北町へ呼びつけて、尋問するわけにもいかない。

もたついているうちに、抜け荷の件はうやむやになりかけた。

「そこへあらわれたのが、伊坂八郎兵衛という妙ちきりんな浪人者だ。よくよく調べてみりゃ不思議な因縁さ。なにせ、田所が後妻に貰《もら》った女の元許嫁だっていうじゃねえか。こいつは使えると、おれはおもった」

八郎兵衛は、むっとして黙りこむ。

「へへ、誤解してもらっちゃ困る。使えるとおもっただけで、まだ使っちゃいねえ。そのころは蝦夷屋の正体もわかっちゃいなかったし、黒幕のひとりが弘前藩の江戸家老だってこともはっきりしちゃいなかった。どっちにしろ、相手はかなりの大物だ。ちゃんとした証拠を摑まねえことにゃ、どうにもならねえ」

八郎兵衛は焦《じ》れていた。

いっそのこと、名のあがった悪党を束にまとめて捕縛し、二番蔵に吊せばよいのにとおもう。

だが、町奉行の金四郎としては、そうもいかぬ。

なかでも、田所は世間に範《はん》を垂れるべき町奉行所の要職にあるだけに、ひとたび悪事が露顕すれば幕府の沽券《こけん》にも関わってくる。容易なことで縄を打つことは赦されない。

「それでは、死んでいった者たちが浮かばれませぬな」

「まったく、おめえの言うとおりだ。夜鷹のおたねにゃ気の毒なことをしちまった。岡っ引きの卯之吉を動かしていたなあ、このおれさ。卯之吉の女房と娘にゃ合わせる顔がねえ。仇《かたき》をとってやりてえのは山々だが、裁きに情をもちこめば世の中から秩序ってものがなくなる。辛《つれ》えところさ」

金四郎は悲しげに漏らし、片目を瞑ってみせる。

「伊坂、おめえもここまで深く関わっちまったんだ、悪党退治にひと役買ってみねえか。おっと、嫌とは言わせねえぜ。おれはおめえの命を救ってやった恩人だ。へへ、それはともかく、傷が癒《い》えたら陸奥へ旅立ってもらいてえ」

「陸奥」

「行く先は善知鳥《うとう》、青森のことさ。遠いぜ、北の涯《は》てだ」

いったい、善知鳥に何があるのか。

八郎兵衛は首を捻った。

「江戸の津軽屋敷をこれ以上調べても埒《らち》があかねえ。ここはひとつ国元へ出向き、誰と誰が悪事に関わっているのか、そいつを調べてきてほしいのさ。案内役にゃ打ってつけの男がいる、卒都浜の長治だよ。ふふ、やつのむかしはぜんぶ知っているぜ。獄門台送りになってもおかしかねえ盗人だが、今さら裁くつもりはねえ」

「ひとつ教えてくだされ」

「なんだ」

「死に損ないの野良犬を、なぜ、引きこもうとなさる」

「おめえが南町の虎と呼ばれた男だからさ。それだけじゃねえぜ。おめえは役得の多い廻り方をあっさり辞めた大莫迦《おおばか》野郎だ。そんな骨太はざらにはいねえ」

褒められても、さほど嬉しくはない。

抜け荷の探索などに関わりたくもないし、陸奥まで足を運びたくもなかった。

ただ、肋骨が軋むたびに、田所采女への名状しがたい憤りが掻《か》きたてられる。

「道連れは長治だけじゃねえ。そこに控える南雲勘助《なぐもかんすけ》も連れていけ」

姓名を呼ばれ、さきほどの若い同心が軽く頭をさげた。

「剣術のほうはてえしたことねえが、脳味噌の回転は早《はえ》え。便利な男だ。それからもうひとり……」

と言いかけ、金四郎は少し間をあけた。

「……場合によっちゃ、道連れが増えるかもしれねえ。そいつが決まったら教えてやるよ。さて、これではなしは済んだ。どうでえ、陸奥へ行ってくれるかい」

「条件がございます」

「ほう、言ってみな」

「田所采女を討たせてほしい」

と、八郎兵衛は吐きすてた。

町奉行に面と向かって「役人殺しを黙認しろ」と言いはなったのと同じだ。

遠山は予期していたかのように、苦笑いを浮かべた。

「ちぇっ、今のはなしは聞かなかったことにしてやらあ。おい、南雲」

金四郎は若い同心を呼びつけ、見覚えのある大小を携えてこさせた。

「堀川国広さ。恩に着せるつもりはねえが、悪党与力の手許《てもと》から取りもどしてやったんだぜ。抜いてみな」

言うが早いか、金四郎はみずからの脇差《わきざし》を抜いた。

八郎兵衛がつられて抜いた瞬間、ふたつの刃《やいば》がぶつかる。

火花が散り、腕に心地よい痺《しび》れが残った。

ふたりに殺気はない。

武人同士が誓いの刃をかさねる儀式、金打《きんちょう》であった。

「頼むぜ、伊坂八郎兵衛」

金四郎は脇差を鞘に仕舞い、にっと前歯を剝《む》いた。

七

八郎兵衛は南雲勘助の随伴で、深川表櫓の『卒都浜』へ向かった。

二階座敷では主人の長治が待ちかまえており、ぐい呑みに冷や酒を注《つ》いでもらって胃袋へ流しこむと、ようやく人心地がついた。

「こたびは大変な目に遭われましたな。このとおり、申し訳ございませなんだ」

「なぜ、おぬしが謝る」

「すべてのはじまりは手前が蝦夷屋の用心棒をご依頼申しあげたこと」

「終わったはなしだ。気にするな」

「俵太のこともございます」

「おう、あやつはどうした」

「あの裏切り者、方々を捜させてはおりますが、いまだに行方知れずで」

「どうせ、金に転んだのであろう」

「あるいは、手前を恨んでおったか。俵太はおはつに惚れておりました。手前が嫁にやったことを恨んでおったのかも」

「なるほどな」

俵太は、あからさまに敵愾心《てきがいしん》を抱いていた。それは自分がおはつに気に入られていたからだと知り、八郎兵衛は納得した。

「謝らねばならぬ理由はまだござります。遠山さまのことも隠しておりました」

「気にせんでいい」

「そう仰っていただけると気が楽になります。ところで、陸奥行きのはなしは」

「聞いた」

「お受けになられたので」

「まあな」

「手前が案内いたしますよ」

「浮かぬ顔だな。おぬしも渋々、引き受けた口か」

「なにせ、生まれ故郷へは帰らぬつもりでおりましたから。ともあれ、遠山さまが直々に動かれた以上、敵さんも当面はおとなしくなりましょう」

「だとよいがな」

「傷が癒えるまで、ゆっくり養生なされませ。箱根へでも湯治に行かれたらいかがです」

「湯治に行ったら、そのまま帰ってこぬぞ」

「ふほっ、二番蔵で痛めつけられたにしては舌の滑りもよろしいようで。それなら、祝いの膳《ぜん》を差しあげても構いませぬな」

長治が手を叩《たた》くと、女たちが待ってましたとばかりに豪華な膳を携えて登場した。

数珠《じゅず》繋ぎになった女たちの最後には、眉の剃《そ》り跡も濃い新妻の顔もある。

「おはつか」

「伊坂さま、お帰りなさい」

おはつは故あって里帰りをしていた。

茶屋全体が華やいだ雰囲気に包まれているのはそのせいだ。

「夫婦喧嘩のすえに先様《さきさま》の家を出ちまったそうで、困った娘です」

ことばでは迷惑がりつつも、長治の顔は嬉しそうだ。

おはつは銚釐《ちろり》をかたむけ、潤んだ眸子を向けてくる。

「死んじまったんじゃないかとおもって、気が気じゃなかったんですから」

耳もとでそっと囁かれ、八郎兵衛は面食らった。

眉を剃ったせいか、小便臭い小娘が艶《なま》めかしい女にみえて仕方ない。

八郎兵衛は肋骨の痛みも忘れて痛飲し、いつのまにか寝入ってしまった。

ふと、目を醒《さ》ますと、褥《しとね》のうえに裸で寝かされており、温かい女の柔肌がかたわらに寄りそうている。虚《うつ》ろな頭で、長治が温石《おんじゃく》がわりにあてがってくれた芸妓《げいこ》だろうとおもった。

が、そうではなかった。

「おはつか」

「しっ」

名を呼ぶと、唇《くち》もとに人差し指を当てられた。

「おとっつあんにみつかったら、殺されちまう」

囁いたそばから妖《あや》しく微笑み、おはつは硬い乳首を擦《こす》りつけてくる。

「こうでもしなければ、抱いてくれないもの」

甘えた声で囁きながら、八郎兵衛の分厚い胸板に触れた。

応じてはいけないとおもえばそれだけ、震えるような欲情に衝《つ》きあげられる。

しかし、理性は残っていた。

人妻となった恩人の娘に手を出すわけにはいかぬ。

「おはつ、よせ」

八郎兵衛は掠《かす》れ声で言い、火照《ほて》った女の裸体を剝《は》がしにかかった。

「い、いや……なんで、わたしが嫌いなの」

おはつは身をくねらせ、荒い息を吐きながら首に絡みついてくる。

八郎兵衛は苦労して腕をほどき、褥からするりと逃れた。

黒橡の着物を素早く羽織る。

おはつは実った乳房を垂らし、畳に両手をついた。

「わたし……なんて惨《みじ》めなんだろう」

つぶやきながら、涙の溜《た》まった眸子を横に向ける。

「好きでもない男に抱かれ、好きな男には抱いてもらえない……惨めでしょう」

「そんなことはない」

「どうして」

「気持ちは受けとった」

「なんで抱いてくれないの」

「今はだめだ」

「いつなら……いつなら、いいの」

濡れた瞳《ひとみ》が、わずかに光った。

旅から帰ってきたら抱いてもいいと、八郎兵衛はおもった。

だが、その台詞《せりふ》を口にする勇気はない。

「行っちまうんだね」

「ああ」

八郎兵衛は大小を腰に差し、そっと障子戸を開けた。

八

夜風は寒く、身を切られるようだ。

根雪はすっかり溶けてしまったが、この時節にはまだ雪が降る。

漆黒の空を仰げば、いましも、白いものが落ちてきそうだった。

後ろ髪を引かれるおもいで、八郎兵衛は油堀沿いを歩きつづけた。

垢《あか》じみた襟《えり》を掻きよせ、一色町の猥雑《わいざつ》な露地裏へ足を踏みいれる。

朽《く》ちかけた裏長屋は寝静まり、山狗の遠吠えすら聞こえてこない。

近所の悪がきに石を投げられたのか、ねぐらの腰高障子は破れかけていた。

蹴破《けやぶ》ってやりたい衝動を抑え、障子戸に手を掛ける。

突如、背後に殺気が膨らんだ。

「ふん」

振りむいた刹那、蒼白《あおじろ》い切っ先が鼻面へ伸びてきた。

咄嗟《とっさ》に躱《かわ》して身を沈め、八郎兵衛は国広を抜いた。

ぶんと、刃風が唸《うな》る。

空を斬った。

相手の二撃目はない。

闇の裂け目から、男の声が漏れた。

「伊坂八郎兵衛。うぬを屠るために、地獄の底から舞いもどってきたのだわ」

声は人のかたちになり、男の輪郭があらわになった。

爛々《らんらん》と光る眸子はひとつしかない。左腕もなかった。

隻眼《せきがん》隻腕の男が、右手に三尺余りの刀を握っている。

「津軽屋敷の元馬廻り役か」

「さよう、葛巻伊織じゃ。大殿に梅を寝取られ、うぬには右目と左腕を奪われた。おのれを嘲笑《あざわら》うしかない惨めな男さ」

「よう生きのびたな」

「うぬのおかげさ。恨みだけが、わしを生かしている」

「おぬしの腕では斬れぬぞ」

「なるほど、今のわしには万にひとつも勝ち目はあるまい。ならば、まとわりついてくれよう。うぬの気が弛んだ隙《すき》を狙《ねろ》うてやる。蛇《へび》のように忍びこみ、寝首を掻いてやるぞ。ふふ、覚悟いたせ。わしは生霊《いきりょう》となり、おぬしの背後につきまとう」

「無駄なことはやめておけ」

「悲しいかな、ほかに生き甲斐《がい》もない」

「勝手にしろ」

「そうさせてもらう。ついでに、ひとつ教えてやろう」

「なんだ」

「俵太とかいう若僧のことだ」

「ん」

「あやつ、卒都浜に火をつけると息巻いておった」

「なに」

「もう手遅れかもしれぬ。耳を澄ませてみよ」

――じゃん、じゃん、じゃん。

唐突に、半鐘の音が聞こえてきた。

「くそっ」

八郎兵衛は踵《きびす》を返し、前歯を剝いて露地裏を駆けぬける。

遠く後ろで生霊の哄笑《こうしょう》が聞こえた。

「くそったれ……」

行く手の闇が臙脂《えんじ》の炎に焦がしつくされている。

「……おはつ」

と、八郎兵衛は口走った。

一の鳥居のそばまでたどりつくと、表櫓全体がぼうぼうと燃えていた。

劫火《ごうか》は横殴りの突風を呼びこみ、太い幾筋もの炎が地を這《は》っている。

大勢の人が着の身着のままで逃げまどい、火消しどもは声をかぎりに叫んでいた。

「火元は卒都浜だ」

怒鳴りあげる出職《でしょく》の首根っこを摑み、長治とおはつの消息を質《ただ》す。

「知らねえよ。でも、火の廻りはあっという間さ。逃げる暇もなかったろう」

屋根にのぼった火消しが延焼を防ぐべく、鳶口《とびぐち》でつぎつぎに瓦《かわら》を剝いでいった。

八郎兵衛は鳶の制止もきかず、渦巻く熱風のただなかへ躍りこむ。

「長治、おはつ」

大路に聳《そび》える楼閣《ろうかく》は、いまや紅蓮《ぐれん》の猛火に包まれている。

「死ぬな。おはつ、死なんでくれ」

どれだけ叫びつづけても、返事はない。

やがて、楼閣は大音響とともに崩落してしまった。

九

長治とおはつは焼け死んだ。

それだけではない。火付けをやった俵太も屍骸《むくろ》となった。

翌朝、焼け跡とさほど離れていない堀留に浮かんだのだ。

火傷《やけど》の痕跡はなく、胸を袈裟懸《けさが》けに斬られた金瘡《きず》が見受けられた。

何者かに踊らされて火付けをやったにちがいない。

そして、口封じのために殺された。

夜半、八郎兵衛は八丁堀の闇に潜んだ。

長治という水先案内人は逝ってしまったが、陸奥へ旅立つことに決めた。

ただ、そのまえにひとつだけ、やっておかねばならぬことがある。

見馴れた武家屋敷の塀を乗りこえ、庭先へ飛びおりた。

すでに亥《い》ノ四つ半をまわり、家人は寝入っているはずだ。

獲物は屋敷内にいる。それは確かだ。二番蔵の件で、田所采女には南町奉行より蟄《ちっ》居《きょ》の沙汰が下されていた。

八郎兵衛は裏手へまわって雨戸を一枚外し、母屋《おもや》へ忍びこんだ。

狭い廊下の闇に目を凝らし、慎重な足取りで進む。
田所采女が眠る寝所の配置はおおよそ見当がつく。
懸念すべきは、京香が枕を並べているかどうかだ。
京香に見咎《みとが》められれば、ためらいが生じるかもしれぬ。
その隙に田所が枕刀へ手を伸ばし、反撃に転じないともかぎらなかった。
田所も居合を遣う。
抜きの捷《はや》さは、八郎兵衛に勝るとも劣らない。
爪先《つまさき》は痺れるほど冷たいというのに、額には玉の汗が浮かんできた。
——いつなりと死んでもいい。
昨夜《ゆうべ》までは、そうおもっていた。
しかし、長治とおはつが殺され、事情は変わった。
悪党どもを根こそぎ葬ってやる。それまでは死ねぬと考えるようになった。
「死ねぬ、死ねぬ」
念仏のように繰りかえし、寝所のまえへたどりついた。
すでに、腹は据わっている。
息を止め、障子をそっと引きあけた。
懸念したとおり、枕がふたつ並んでいる。

寝息を起《た》てているのは田所采女、隣の褥は蛻《もぬけ》の殻だ。
八郎兵衛は後ろ手に戸を閉め、中腰になって耳を澄ます。
かさりと、松葉が落ちた。
それ以外は何も聞こえてこない。
鯉口《こいぐち》を切り、静かに国広を鞘走らせた。
枕もとへ躙《にじ》りより、左手を差しのべるや、田所の鼻を摘《つま》む。
「ぬがっ」
開いた口のなかへ、用意した藁束《わらたば》を突っこんだ。
と同時に、国広を逆《さか》しまに構える。
夜具のうえから心臓を狙い、一気に刺しつらぬいた。
「むふっ」
血に染まった藁束が、ぽんと口から吐きだされた。
悪党与力の死にざまは惨めで、存外に呆気《あっけ》ないものだ。
「莫迦め」
剔《えぐ》るように刃を引きぬき、立ちあがった途端、ぐらりとよろめいた。
愛刀を握る手が、小刻みに震えている。
何人もの悪人を斬ってきたが、こんなことははじめてだ。

積年の恨みを晴らした喜びも、達成感もない。

意味もなく、手が震えて仕方ないのである。

血の滴《したた》る刀を握り、障子戸を引き開けた。

「ん」

廊下の隅に誰かいる。

「京香か」

まちがいない。

表情の抜けおちた顔で八郎兵衛をみつめている。

「成敗なさったのですね」

「ふむ」

うなずくと、白磁のような頬にひとしずくの涙がこぼれおちた。

八郎兵衛は横を向き、素早く刀を納めた。

いつのまにか、手の震えは止まっている。

京香に背を向けると、消えいりそうな声が聞こえてきた。

「八郎兵衛さま」

応じてはならぬ。応じてはならぬと胸に繰りかえし、八郎兵衛は足を踏み出した。

振りかえりもせずに、廊下を走りぬける。

雨戸を外したところから庭へ逃れると、もうひとり、影のように待ち構えている者があった。

木刀に白刃を仕込ませた中間、源十である。

「旦那、おひさしぶりです」

「おぬしの主人は死んだぞ」

「わかっておりやす」

「どうする気だ」

「ご主人さまを殺《や》られ、尻をみせるわけにゃいかねえでしょ」

「命を粗末にするな」

「なるほど、伊坂八郎兵衛の豪撃《こわうち》を食らって生きのこったやつはこの世にいねえ。そのくれえはあっしにだってわかりまさあ」

「道を開けろ」

「ですから、そういうわけにゃいかねえんで。田所さまにゃお世話になりやした」

「やつは悪党だぞ」

「悪党でも、あっしを十年も使ってくれたご主人さまなんだ」

八郎兵衛は、ふっと肩の力を抜く。

「見上げた忠義者よ。おぬしほどの男なら雇い主はいくらでもいる」

「さあ、そいつはどうだかわからねえが、あっしにも男の意地ってものがありやす」

「詮方あるまい」

八郎兵衛は腰を落として身構えた。

「おっと旦那、ひとつだけ忠告しときやすぜ」

「何だ」

「南町の二番蔵は閉鎖され、何人かの与力同心のみなさまには、お奉行さまより蟄居のご沙汰が下されやした。ほとんどの方々は唯々諾々《いいだくだく》としたがいやしたがね、ひとりだけ出奔《しゆつぽん》なされた方がござりやす」

容易に察することができた。

「尾関唯七だな」

「さようで。伊坂さまを地獄の涯てまで尾《つ》けまわすと仰ってやしたぜ」

「忠告をありがとうよ」

「それじゃ、めえりやす」

一陣の風が吹きぬけた。

――くえっ。

夜鴉《よがらす》のごとき啼《な》き声が聞こえ、源十の首が宙高く飛んだ。

「むっ」

八郎兵衛は、がっくり膝をついた。

左の肩に白刃が突きささっている。

死を賭《と》した源十の反撃が、八郎兵衛に深手を負わせたのだ。

「くそっ、こんなところで死ねぬ」

白刃を抜きすて、ふらつく足取りで裏木戸へ歩みよる。

誰かの眼差しを感じた。

振りむけば、京香が裸足《はだし》で庭に立っている。

悲しげな目でみつめ、どうすればいいの、わたしはいったいどうすればと、目顔で訴えかけていた。

子《ね》ノ刻をまわり、番太の打つ拍子木が淋しげに響いている。

——すまぬ。

八郎兵衛は京香から顔を背け、逃げるように裏木戸を潜《くぐ》りぬけた。

十

如月十五日は涅槃会《ねはんえ》、毎年この日には牡丹雪《ぼたんゆき》が降る。

八郎兵衛は雪の舞うなか、鉄砲洲稲荷へやってきた。

手甲脚絆《てっこうきゃはん》を着け、深編笠まで抱えている。
旅立ちの朝であった。
源十にやられた左肩の傷は癒えつつある。
もはや、江戸へは帰ってこないかもしれない。
そんなふうにおもったら、自然に足が向いた。
——八郎兵衛さま。
と、京香は呼んでくれた。
頭のなかで、今も呼びつづけている。
本殿の脇を擦りぬけ、裏手へまわった。
はたして、京香はそこにいた。
祠《ほこら》のまえに額《ぬか》ずき、熱心に祈っている。
八郎兵衛は、重い足を引きずった。
ためらいがちに、声を掛けてみる。
「その祈り、亡くした子のためか」
京香はゆっくり顔をあげ、表情も変えずにうなずいた。
「母親がいたらぬせいで、この子を亡くしてしまいました」
布にくるんだ骨壺《こつつぼ》を、だいじそうに抱えていた。

「旅立たれるのですね」

「ふむ」

京香は行き先も尋ねず、濡れた瞳でみつめかえす。

八郎兵衛はたじろぎつつも、なんとか声を絞りだす。

「おぬしは、これからどうする」

「尼寺《あまでら》へはいります」

凛然《りんぜん》と言いはなち、京香は長い睫毛《まつげ》を瞬《しばたた》いた。

「その癖、変わらぬな」

「え」

「睫毛を瞬く癖だ」

「あ、そうですか」

京香は、しっとり微笑んだ。

「その笑顔も変わらぬ」

「嬉しゅうございます」

この四年半余り、淋しくはなかったか。

わしに捨てられたことを恨んではおるまいか。

問うてみたいことが、堰《せき》を切ったように溢《あふ》れてくる。

だが、ことばに出してはならぬと、みずからをいましめた。

京香はすっと立ちあがり、滑るように身を寄せてくる。

「これを」

そう言って、骨壺を押しつけた。

「どういうつもりだ」

「死んだ子には、わたしが密かに付けた名がございました。八郎太《はちろうた》と申します」

「ん」

「おまえさまの……おまえさまの、お子なのですよ」

「なんだと」

「わたしが莫迦だったのです。この子を与力にしようなどと、かなわぬ夢を抱いてしまいました」

死ぬほど悩んだあげく、田所の誘いを受けたのだという。

「わたしの意志でした。どれだけ屈辱を受けようが、惨めなおもいをしようが、自業自得にございます。ただ、八郎太にも辛《つら》いおもいをさせてしまった。それが心残りにございます」

正式に夫婦となったふたりではない。

たった一夜の過ちであった。

「子を孕《はら》んだこと、なぜ、わしに黙っておった」

「身籠《みご》もったと気づいたとき、おまえさまは江戸におりませんでした」

生まれてくる子の将来をおもい、京香は田所のもとへ嫁いだ。

一方、すべて承諾済みで田所家へ迎えられたにもかかわらず、生まれてきた子の運命は悲惨だった。所詮《しょせん》は生《な》さぬ仲の父と子、田所采女にとって八郎兵衛の血を引く男の子が可愛いはずはない。

八郎太は父親の愛情を知らずに育ち、幼くして天に召された。

「お願いです。これをお持ちくだされ」

差しだされた骨壺を受けとり、八郎兵衛はおもむろに上蓋《うわぶた》を開けた。

何をするのかとおもえば、小さな骨をひとつ拾いあげ、口に抛《ほう》りこむ。

「……な、何をなされます」

取りみだす京香の胸へ骨壺を押しつけ、八郎兵衛は骨をばりばり嚙みくだいた。

「お気は……お気はたしかですか」

「狂うてなどおらぬ。これで八郎太の骨はわしの骨となった」

「うっ……うう」

京香は骨壺を抱えてうずくまり、嗚咽《おえつ》を漏らす。

——さらば。

胸中に囁き、小さな祠に背を向けた。

京香の嗚咽は激しくなり、八郎兵衛の足取りを重くさせる。

雪は網目のように降り、境内《けいだい》は白い薄衣に覆われてしまった。

十一

八郎兵衛は稲荷社を去り、鉛色の海へ足を向けた。

桟橋がある。

何人かの人影が動き、そのうちのひとつが手を高々とあげた。

「おうい」

小粋な着流しに町人髷、遊び人の金四郎であった。

金四郎のかたわらには、旅装束の南雲が佇《たたず》んでいる。

そして、鉄砲洲の沖合いには千石船が碇泊《ていはく》していた。

金四郎はつっと身を寄せ、耳もとへ囁きかけてくる。

「別れは済ませたのか。それなら、心おきなく旅立てるな……おっと忘れるところだった、もうひとりの連れを紹介しとこう」

南雲の背後から、妙齢の美しい女があらわれた。

手甲に脚絆、市女笠《いちめがさ》に息杖《いきづえ》、花柄の塵除《ちりよ》けを纏《まと》った旅装束が初々《ういうい》しい。

「こいつは梅、名は聞いたことがあるだろう」

女は頬をほんのり染め、丁寧にお辞儀をしてみせる。

八郎兵衛が怪訝《けげん》な顔で会釈《えしゃく》すると、金四郎は「ふん」と鼻を鳴らした。

「わかっちゃいねえようだな。葛巻伊織の元女房さ。津軽屋敷の大殿に見初《みそ》められた梅ってな、この女のことだよ」

「まことですか、それは」

「まこともまこと、おおまことさ。ただし、梅はただの女じゃねえ」

大目付、跡部山城守良弼の密偵《いぬ》だという。

「御老中水野越前守さまの仲立ちで、大目付の筋から内々に協力を仰ぎてえとのはなしがあってな」

「ほう」

「なんでえ、その不満げな面は」

「別に」

と応じつつも、八郎兵衛の顔はあきらかに曇っている。

跡部良弼といえば水野忠邦の実弟、大坂東町奉行として大塩平八郎の建白書を握りつぶした張本人にほかならない。面識はないが、嫌な男であることにまちがいはなかった。

跡部の名を聞いて、八郎兵衛はすっかりやる気をなくしてしまったのだ。

「大目付と組むのが気に食わねえのか。おれだってそうだ。面倒臭《くせ》えはなしさ。ところがな、渋々承諾したところへ、なんと寄こされたのが梅だった。この女狐《めぎつね》め、最初《はな》から津軽屋敷を探るべく、葛巻伊織の女房におさまったというわけさ」

「解《げ》せませぬ」

「なにが」

「大目付の間者なら、津軽屋敷に潜みつづけるべきでしょう。そのほうが得るものは多いはず」

「ふふ、老いぼれの伽《とぎ》をやらされるだけで得るものは何もねえよ。津軽家の大殿も殿も抜け荷の一件にゃ絡んでいねえらしい。それがわかっただけでも大手柄だ。梅は見事に役目を果たし、津軽屋敷を抜けだしてきたというわけさ」

そして新たな使命を帯び、北国行きの船に乗るのだという。

「梅は敵さんの内情に詳しい。連れていけば役に立つ」

金四郎におだてられ、梅は嫣然《えんぜん》と微笑んだ。

津軽の大殿に見初められただけあって、男を蕩《とろ》かす凄艶《せいえん》さを兼ねそなえている。ただし、面立《おもだ》ちは磁器のごとく脆弱《ぜいじゃく》で、儚《はかな》さを秘めていた。喩《たと》えてみれば雪の精、春になれば溶けてなくなる運命《さだめ》を背負った女。八郎兵衛は梅という女に容易ならざる妖気を感じとった。

金四郎は、どこまでも明るい。

「男ふたりじゃ、むさくるしくて仕方ねえだろう。だから、彩《いろど》りを添えてやったんだよ。おめえたち三人は、あの千石船に乗る。あの船で常陸国《ひたちのくに》の五浦湊《いづらみなと》へ向かい、陸へあがってすぐに勿来《なこそ》の関を抜けるんだ。ふふ、良いことを教えてやる。百足の陣五郎が関所を抜け、北へ逃れたらしいぜ」

八郎兵衛の眉が、ぴくりと動いた。

十手持ちの本能というべきか。

陣五郎のごとき悪党はどうあっても赦せぬ。

「その意気だ。陣五郎の足取りを追いながら北へ向かうといい。そいつが悪事の真相に迫る近道かもしれねえ」

勿来の関を抜けて陸奥国へはいってからは、仙台まで陸前浜《りくぜんはま》街道をひたすら北上する。そのさきは盛岡を経由して青森まで、気の遠くなるような奥州路が控えていた。

「伊坂、それからな、こいつを携えていけ」

金四郎はそう言って、懐中から白い産着《むつき》を取りだしてみせた。

梅が顔を強張《こわば》らせたものの、八郎兵衛にはその意味がわからなかった。

構わずに、金四郎はつづけた。

「こいつはな、長治から預かっていたものだ。十七年前、長治は宇曾利山湖《うそりやまこ》へ身投げした若い女に、死んだ男の子の回向《えこう》を頼まれた。そのときに託された産着を、あいつは捨てられずにいたんだよ」

長治は、ちょうどよい機会なので恐山へ回向に詣《まい》りたい。旅立ちの朝まで産着を預かってほしいと、金四郎に頼んだ。

「何か予感めいたものがあったのかもしれねえな。卒都浜は焼けちまい、長治もおはつも死んじまったが、産着だけが残ったってわけさ」

八郎兵衛は産着を手渡された。亡くなった八郎太の骨の味が蘇《よみがえ》り、断ることはできなかった。

「いまさら、宇曾利山湖へ身投げした女の素姓なんぞわからねえ。けどよ、長治は十七年前、女の頼みを聞いちまったんだ。な、わかるだろう」

長治は回向ができなくなり、さぞかし、心残りであったにちがいない。

そのおもいをかなえてやり、長治とおはつの霊も慰めてやってくれと、金四郎は言いたいのだ。

「承知」

八郎兵衛はしっかりうなずき、産着を懐中へねじこんだ。

「よし、それじゃあな。さきは長《なげ》えぜ。三人で仲良くやるこった」

金四郎は、ことさら陽気に言いはなった。

あいかわらず、牡丹雪は降りつづいている。

「雪の別れか」

ぽつりと、八郎兵衛はつぶやいた。

三人を乗せた伝馬《てんま》船は、ゆっくり桟橋をはなれた。

軽快に波を蹴り、沖合いの本船へ漕《こ》ぎよせていく。

八郎兵衛は艫《とも》に座し、純白に化粧《けわい》された稲荷社のほうに目を張りつけた。

京香らしき人影を見定めることはできず、やがて、朱の鳥居は豆粒ほどの大きさになった。

「さあ、伊坂どの」

南雲に促され、八郎兵衛は千石船に乗りうつった。

巨大な檣《ほばしら》に二十余反の白い帆が張られ、船底が慟哭《どうこく》するように軋みあげる。

「出帆」

空を覆う雪雲が割れ、行く手に一条の光が射しこんだ。

千石船は風を孕《はら》み、雄々《おお》しく海原へ躍りだした。

双胴《そうどう》の戎克《ジャンク》

一

陸前浜《りくぜんはま》街道は奥州街道の脇《わき》街道として位置づけられ、広い外海に沿って水戸から仙台まで北上する。

全行程は約六十里、水戸と仙台に挟まれた宿場は十七を数えた。

白砂青松の海岸路は浜通《はまどお》りとも称され、清明《せいめい》風の吹きぬける穏やかな季節に歩めば遊山《ゆさん》気分を心ゆくまで味わうことができる。外様《とざま》大名が参勤交代で江戸へ向かう卯月《うづき》には、きらびやかな供揃《ともぞろ》えも見受けられた。

八郎兵衛らの一行は五つの入江を有する五浦《いづら》へ入港したのち、浜通りを北へ一里半ほど進んで勿来《なこそ》の関を越えた。

そのさきは平安朝の都人《みやこびと》から辺境とも異境とも目された陸奥国《むつのくに》である。

陸奥国にはかつて朝廷にまつろわぬ独立独歩の一大勢力が住み、鬼門（北東）の朝敵として畏怖された。

「蝦夷《えみし》か」

勿来の名称は「蝦夷よ来る勿《なか》れ」という都人の切なる願いに由来し、彼方《かなた》の地を想起させる代名詞として和歌などにも多く詠《よ》まれた。

八郎兵衛らは勿来の関から鮫《さめ》川を渡り、湯治も兼ねて十日間ほど、磐城平《いわきたいら》藩の城下町にほど近い湯本《ゆもと》に滞在しつづけた。湯本は浜通りで唯一温泉の涌《わ》く宿場だ。磐城三山の湯之岳を源泉とする古湯は平安期より三函湯《さはこのゆ》と呼ばれ、伊予《いよ》の道後《どうご》や播磨《はりま》の有馬《ありま》ともども日本三古湯に数えられていた。

『磐城風土記』に「味淡く鹹《しおから》し」と記されているとおり、嘗《な》めてみると塩辛い。

「この味にも慣れましたね」

南雲勘助は掌《てのひら》に湯を掬《すく》い、ぺろりと舌を出した。

横顔に幼さの残る南雲は、これでも二十四になるという。

親の代から遠山家に仕える用人で、一昨年《おととし》までは勘定所に勤めていたが、遠山の推《すい》輓《ばん》で北町奉行所の同心に転身した。妹ふたりは嫁いだが、長男の本人に嫁の来手はまだなく、親もやきもきしている。そんな親を本人は煙たがっていた。

遠山の紹介にもあったとおり、頭の回転は早い。性分は朗《ほが》らかで誠実、探索方をやるにはむしろ不向きな感じもしたが、いっしょに居て邪魔にはならない男だった。

それだけでも、よしとしなければなるまい。

八郎兵衛は露天の岩風呂に浸《つ》かり、満天の星を仰いでいる。

隆々とした上半身には、いくたびもの死闘で受けた金瘡《きず》が無数に見受けられた。

生木の太い幹を鉈《なた》で削ったような傷痕《きずあと》に、南雲は驚きを隠せないようであったが、今ではすっかり馴《な》れきってしまった。

「伊坂さま、ここにこうしておりますと、役目のことを忘れてしまいます」

「明日にでも出立するか。でないと、ふやけてしまいそうだ」

「まったくもって仰《おつしや》るとおり。役人になってこの方、かようにのんびりと過ごした日々はありません」

「役得さ。遠山金の字に感謝するんだな」

「ふふ、それもまた、仰《おお》せのとおり」

楽しげに笑う南雲だが、毎日早朝からどこかへ足を延ばし、さまざまな情報を集めている。

とりたてて目新しいものは入手できないのか。それとも、余計なことは言わずに隠しておく腹なのか。そのあたりは判然としないものの、若い同心の口から津軽家の抜け荷に関する内容が漏れたためしはない。

南雲は手拭《てぬぐ》いを絞って月代《さかやき》のうえに置いた。

「今日は平の城下を過ぎて、四倉《よつくら》の湊《みなと》まで足を延ばしましてね、艀子《かこ》たちがなにやら眉《まゆ》をひそめて話をしておりますので聞いてみますと、このところ三陸沖に漆黒の四角い帆を張った海賊船が出没するのだそうです」

「ふうん」

「何艘《なんそう》かで船団を組み、千石船を襲うのだとか」

半年で七隻も沈められたと聞き、八郎兵衛も少しばかり気になった。

「海賊と遭遇し、伝馬《てんま》船で命からがら逃げのびた艀子がおりましてね。その男が語るところによれば、海賊どもは商人《あきゅうど》に雇われた侍をみなごろしにし、金目のものを奪うとすぐさま船に火を放ち、風のように去ってしまうそうです」

金目のものといってもたいしたことはない。千石船の荷は江戸表で消費される奥州米がほとんどだ。

「一隻に積める米は約二千五百俵。それだけの米を船もろとも焼いちまうわけですから、なんとももったいないはなしです」

「そうだな」

海賊どもは神出鬼没、仙台《せんだい》藩が坂本宿に設けた唐船《とうせん》番所まで襲撃されたという。

「奮戦した役人によれば、海賊どもは異国のことばを喋《しゃべ》っておったとか」

「清国《シン》の連中かな」

「おそらく、そうでしょう」

「ま、海賊が出ようと出まいと、わしらには関わりあるまい。対岸の火事さ」

「一概にそうとも言いきれません」

南雲は身を乗りだし、ふっと黙った。

口を閉じるのも忘れ、一点をみつめている。

八郎兵衛も、そちらに目をやった。

湯煙が夜風に躍り、女の白い柔肌に絡みつく。

「ほう」

おもわず、溜息《ためいき》が漏れた。

見事に括《くび》れた裸身を惜《お》しげもなくさらし、梅が岩風呂に近づいてくる。

湯面にぶくぶく泡《あぶく》が湧いた。

隣をみやれば、茹《ゆ》だった月代頭だけが浮かんでいる。

純情な南雲はどうやら、湯のなかに沈んでしまったらしい。

八郎兵衛は、いっこうにたじろがない。

白磁のような裸身をしげしげと眺め、目顔で導いてやる。

梅は水玉の手拭いで乳房を隠し、つつっと身を寄せてきた。

「失礼いたします」

わずかに頬《ほお》を染め、右の爪先《つまさき》をそっと湯に入れる。

丸い臀部《でんぶ》がたぷんと湯に沈んだ瞬間、南雲の月代頭は波紋を残して遠ざかり、岩陰の向こうに消えた。

「ふっ、おかしな野郎だ」

八郎兵衛が笑うと、梅もにっこり微笑《ほほえ》んだ。

「はじめてだな、そのように咲《えも》うたのは。おぬしとは、まともにことばを交わしたこともなかった。これでようやく、裸のつきあいができるというわけか」

「はて、いかがなものでしょう」

「おもわせぶりな物言いはよせ」

「ほほほ、わたしはただ岩風呂に浸かりたかっただけですよ。伊坂さまと懇《ねんご》ろになる邪心など、ただのひとつもございませぬゆえ、お気遣いなく」

「女狐《めぎつね》め。鉄砲洲《てっぽうず》からこの方、いちどたりとも腹を割ってはなそうともせぬ。はたして、味方なのか、敵なのか」

「それは伊坂さまとておなじこと。たとい遠山さまの御墨付きがあろうとも、易々《やすやす》と心を開くわけにはまいりませぬ」

「それならそれで結構。こっちも気を遣わずに済む」

「うふっ、心をひらかずとも殿方に抱かれる術《すべ》は心得ておりますよ」

梅は湯舟のなかで椀《わん》形の乳房をさらし、妖《あや》しげな流し目を送ってきた。

葛巻伊織も津軽の大殿も、この眼差《まなざ》しに蕩《とろ》かされてしまった口だろう。

大目《おおめ》付《つけ》子飼いの女間者ともなれば、房中術の修練も積んでいるはずだ。

が、験《ため》してみる気はさらさらない。

若いころは欲情のおもむくままに、ただ走りぬければよかった。

やがて、精神の結びつきを求めるようになり、今はそれすらも面倒臭くなった。

失うものがあまりにも多すぎて、臆病《おくびょう》になってしまったのかもしれない。

板橋宿でおきくという女を亡くしたときも、鉄砲洲稲荷《いなり》で京香に別れを告げたときも、二度と女には惚《ほ》れまいと誓った。

生涯、誓いを破るような出来事には遭遇すまい。そんな気がする。

「伊坂さま、何を考えておられます」

「ん、ちと、哀れな男のことをな」

八郎兵衛がことばを濁すと、梅は朱唇《くちびる》に薄笑いを浮かべた。

「哀れな男とは、葛巻伊織にござりましょうか」

「ほかに誰がおる」

「葛巻はわたしのせいで馬廻《うままわ》り役の任を辞し、そのうえ、右目と左腕をも失ったと聞きました」

「おぬしのせいでなければ、誰のせいだ」

「葛巻自身にござりましょう。女ごときに未練をのこす弱き心が、自身をだめにしてしまったのです」

「哀れな。おそらく葛巻は何も知らぬ。夢のようなおぬしとの暮らしがすべてまぼろしであったとはな。それを知ったときの瞋恚《しんい》たるや、想像を絶するものであろう」

「葛巻が何をおもおうが平気です。わたしには関わりのないことですから」

「恐ろしいおなごよの」

「ふふ、伊坂さまの瞳《ひとみ》には脅えが映っておりますよ」

「なんだと」

「恐《こわ》い面相とはうらはらに、壊れやすいお心の持ち主であられるらしい。そうしたところが葛巻と似かよっているような……ほほほ、お気になされますな」

心から嬉しそうに笑い、梅はくるりと背中をむけた。

桃色に火照《ほて》った裸身が、揺れながら遠ざかっていく。

なぜか、実体のないもののような気がして仕方ない。

「女狐め」

八郎兵衛は、苦々しい顔で吐きすてた。

二

三人は湯本を出立し、平の城下を過ぎて四倉の湊へ向かった。

磐城は温暖なところで、里の随所に早咲きの桜が咲いていた。

海原は凪《な》ぎわたり、水平線の彼方までくっきりみえる。

空も海も蒼《あお》く、境界がはっきりしない。

八郎兵衛は、深編笠をかたむけた。

ひょっとしたら漆黒の四角い帆がみえるのではないかと、目を凝らしてみる。

「おらんな」

三陸沖を荒らしまわる海賊が、このたびの探索にどう関わっているのか。八郎兵衛は理由《わけ》を質《ただ》す機会を逸《いっ》したまま、打飼《うちが》いを背負った南雲にしたがい、海岸を歩きつづけた。

梅は市女笠《いちめがさ》をかぶって俯《うつむ》き、こちらも黙々と足をはこんでいる。

端《はた》から眺めると、八郎兵衛と梅は事情《わけ》ありの男と女にもみえた。

境川の河口に栄えた四倉は、仙台と江戸を結ぶ東廻航路の積出湊である。

無論、仙台ばかりが航路の起点ではない。日本海側から津軽海峡を渡って太平洋を南下する航路も東廻航路にほかならず、そちらの帆船には煎海鼠《いりこ》や干鮑《ほしあわび》などの俵物《たわらもの》が積まれていた。数多くの大型船が四倉へ寄港するので、湊を抱えた宿場はいつも商人や舸子たちで賑《にぎ》わっている。

南雲は宿場へ踏みこむと、迷いもせずに一軒の廻船問屋を訪ねた。

しかも、間口のひろい表玄関ではなく、勝手口へまわって取りついでもらう。

案内に立った手代《てだい》は不審な顔ひとつみせず、奥座敷へ招じてくれた。

なにやら、妙な感じだ。

「主人は矢倉屋嘉右衛門《やぐらやかえもん》と申します。四倉に倉を四つ所有するので八倉、八を矢に変えて矢倉屋と洒落《しやれ》た屋号をつけました」

南雲は淡々と、屋号の由来だけを説明する。

嘉右衛門は、遠山景元《かげもと》の息が掛かった人物なのだ。

そのあたりまでは想像できたが、詳しいことは本人に尋ねてみるしかない。

三人は熱い緑茶を呑《の》みながら待った。

ほどなくしてあらわれたのは、猪首《いくび》の肥えた五十男だ。

団子っ鼻の頭には疣《いぼ》があり、膨らんだ頰は垂れていた。

温厚そうな男だが、時折みせる眼差しは鋭い。

「ようこそ、遠路遥々《はるばる》お越しくだされましたな。と申しましても、南雲さまにはすで

に お目に掛かっておりますが」

　あっさりばらされ、南雲は鬢《びん》を掻《か》いた。

「伊坂さま、梅どの、どうかお許しください。矢倉屋のことは念には念を入れて黙っておりました。こちらの嘉右衛門どのは、梅どのと似かよった役目を負うておられます」

　隠密《おんみつ》廻りか。

　嘉右衛門は、さも嬉しそうに笑った。

「うほほ、これでも若いころは痩《や》せておりましてね、誰《だれ》よりも機敏に動いたものです。役目に応じて何にでも素早く化けたものですが、いまでは廻船問屋以外に化けることもできなくなっちまった」

　のちに聞いた南雲の説明によれば、遠山が勘定奉行として全国の直轄領に目を配らねばならなかったころ、嘉右衛門を廻船問屋に化けさせ、さまざまな情報を入手したのがはじまりという。

　嘉右衛門には商才があった。矢倉屋の身代をここまで肥《ふと》らせたのも、みずからの才覚と努力によるものだ。今では隠密働きと商売と、どちらが本業かもわからなくなった。ともあれ、遠山にしてみれば重宝な男だ。

「海賊船の件も、じつはこちらでお聞きしたはなしです。われらに課された役目とどのように関わるのか、そのあたりは嘉右衛門どのから直《じか》にご説明していただいたほうがよろしいかと」

南雲に水を向けられ、嘉右衛門は疣をぽりぽり掻いてみせる。

八郎兵衛と梅はひとことも発しない。

今さら、紹介にあずかる必要もなかろう。

「手前も甚大な被害を受けた口でして、海賊どもにはほとほと手を焼いております。伊達《だて》、相馬《そうま》、安藤《あんどう》と、諸藩にも協力を仰ぎ、御用船を出してもらってはおりますが、それとても焼け石に水。正直、どうしたらよいものか途方に暮れていたところ、このたびの海賊騒ぎにおもいもよらぬ人物の関与が浮かんでまいりました」

嘉右衛門は声をひそめ、もったいぶるように三人を眺めまわす。

「その人物とは松浪左近《まつなみさこん》、弘前藩の船手奉行なのですよ」

松浪なる船手奉行が海賊どもに命じ、千石船を襲わせているというのである。

「信じられないはなしでしょう」

と、南雲が口を挟んだ。

嘉右衛門によれば、松浪が音頭をとって海賊船団を編制した疑いすら否めないという。

「弘前藩において船手奉行は重き役目にござりますが、背後にはもっと大物が控えておるはずです」

　誰とは特定できぬが、糸をたどっていけば江戸家老の高山右膳に行きつくはずだ。

「伊坂さまもお聞きになられたことがおありでしょうか。清国では阿片《アヘン》をめぐって大きな戦《いくさ》が繰りひろげられ、避難民を乗せた粗末な漁船が数多く津軽の外ケ浜に流れつきました。弘前藩では、そうした連中を密《ひそ》かに監禁しているとの噂《うわさ》が以前からございましてね」

「避難民を海賊に仕立てあげ、悪事をはたらかせておるとでもいうのか」

「はい」

「信じられぬ」

「無理もありません」

「狙《ねら》いは」

「おそらく、米でございましょう」

「米」

「さよう。今や、奥州米は江戸に流通する米の三分の二を占めております。二年つづきの豊作で弘前藩にも余剰米ができました。それをそのまま流通させたのでは利益が薄い。なんとか米を減らして価値をあげる術はないものか」

　今までは米問屋が買い占めと売り惜しみをすすめ、米相場を操作してきた。

だが、元手を掛けずにもっと効率良く相場を操作する方法はあるまいか。

弘前藩の重臣どもと御用達の米問屋は知恵を絞ったあげく、流通米を大量に焼却する過激な手段をおもいついたのだと、嘉右衛門は強調する。

「千石船を一隻沈めるだけでも、米相場に与える影響は大きい。それが半年で七隻も沈められたのですからな」

江戸表の米価は鰻《うなぎ》のぼりにあがった。稀少な津軽米の価値はいっそう高くなり、悪党どもは巨利を手にできるというからくりだ。

「なにやら、途方もない法螺《ほら》話を聞いているようだな」

八郎兵衛が吐きすてると、嘉右衛門はにたりと笑う。

「ご懸念のとおり、確たる証拠はござりませぬ。ただし、津軽と海賊船を結びつける手懸かりはござります」

「ほう」

「海賊どもが連呼した首領の綽名《あだな》を、舸子たちの何人もが聞いておりましてね」

「首領の綽名」

「あちらのことばで『一百奴《イーバイヌー》』という呼称でござります。ふふ、おわかりにはなられますまい。『一百奴』とは百足《むかで》のことですよ」

「あっ」

「さよう、この件には百足の陣五郎が深く絡んでいる。あなた方がお捜しの男です。もはや、海賊どもを見過ごすことはできますまい」

八郎兵衛ばかりか、梅までが膝《ひざ》を乗りだした。

嘉右衛門はつづける。

「じつを申せば、相馬家の元御家中に陣五郎をよく知る御仁がおられる」

「ほう」

「野呂田文悟《のろたぶんご》という隠居です。かつては馬喰頭《ばくろうがしら》を勤めておられましてな、陣五郎は盗《ぬす》人《と》になる前まで相馬家の馬方であったとか」

「ほほう」

陣五郎は野呂田という人物の配下だったらしい。毘沙門と呼ばれた老盗人の子に生まれ、親の商売を引きつぎながら馬方もやっていたのであろうか。それとも、盗人の子と馬方は別の人物なのか。

いずれにしろ、百足小僧と弘前藩を結びつける何らかの証拠が得られるかもしれない。そのあたりを期待させるはなしだった。

「野呂田家は代々相馬焼の窯元《かまもと》でもあり、文悟という翁《おきな》はなかなかに気位が高い御仁と聞いておりますす。一筋縄ではいかぬ相手ですぞ。うほほ、ま、お会いになってみなさるがよい」

野呂田文悟は小高《おだか》の泉沢に窯を築いているらしい。

四倉から小高までは約十七里、嘉右衛門は船を用意してやると言ってくれた。

「歩行で三日の道程《みちのり》も、船ならば半日で済む。今宵《こよい》は鮟鱇鍋《あんこうなべ》でも饗《きょう》させていただきますので、ごゆっくりなされませ」

「鮟鱇鍋か、そいつはいい。伊坂さま、おことばに甘えましょう」

南雲は涎《よだれ》を啜《すす》った。

このあたりでは鮟鱇の肝を素焼きの鍋に炒《い》りつけ、季節の野菜などといっしょに味《み》噌《そ》仕立てにするどぶ汁が知られている。

「美味《うま》そうだな」

どぶ汁を断る理由はない。

三人は促されるがまま、旅装を解いた。

三

中村《なかむら》藩相馬家六万石。

小国ながら北に隣接する伊達家と五分に渡りあうほどの勇名を馳《は》せてきた相馬武士は、みずからを平将門《たいらのまさかど》の末裔《まつえい》であると豪語する。

なるほど、陣幕や旗指物には将門の愛馬であった黒駒《くろこま》が杭《くい》に繋《つな》がれて跳ねる「繋ぎ馬」の紋を使用し、妙見菩薩《みようけんぼさつ》を祀《まつ》る氏神《うじがみ》の社殿にも「繋ぎ馬」の大絵馬が奉じられていた。

そもそも、相馬の姓は将門が下総《しもうさ》相馬郡にて馬追いをはじめたことに由来する。馬追いの行事は野馬《のま》追《おい》と名を変えて連綿と引きつがれ、幕府の厳しい監視下にあっても夏になるとかならず、領内の原町雲雀ケ原《はらまちひばりがはら》に雄壮な騎馬武者たちが勢揃いした。

朝廷の権威にも屈せぬ武士《もののふ》の反骨を受けつぐ者たち、それが相馬の男たちである。かれらは馬を信奉し、星を拝んだ。

北斗七星（妙見）を礼拝する社殿は、馬陵《ばりようじよう》城と呼ばれる中村城の西に隣接して佇《たたず》む。

だが、八郎兵衛たちの向かったさきは中村ではなく、城下の南約十二里に位置する小高であった。小高も名馬の産地として知られ、西郊の泉沢には砂岩を刳《く》りぬいて彫った大悲山磨崖仏《だいひさんまがいぶつ》がある。

野呂田文悟の庵《いおり》は、磨崖仏群の座す小高い山の麓《ふもと》に結ばれていた。

山肌を装うているのは梅と桃、山桜はいまだ蕾《つぼみ》を固く閉じている。

「いずれ、江戸表から追捕《ついぶ》のお役人がみえるものと、予想はしておりました」

真っ白な総髪《そうはつ》を振り、野呂田老人はみずから茶を淹《い》れてくれた。

矢倉屋嘉右衛門に「一筋縄ではいかぬ相手」と忠告されたが、そうした懸念は杞憂《きゆう》のようだ。むしろ、久方ぶりに誰かとはなしができることを、老人は素直に喜んでいるようにみえた。

湯気の立った灰白色の茶碗には罅割《ひびわ》れ文様がいくつも見受けられ、走り駒の絵柄が巧みに描かれていた。

「相馬焼ですか」

と、南雲が愛想笑いを浮かべた。

「それは青罅《あおひび》と申しましてな、主にふたつの釉薬《うわぐすり》を使います。何千回となく窯に火を入れておりますが、罅の具合がいかような塩梅《あんばい》になるのかだけは焼きあがってみなければわからんのです。そこが茶碗を焼くおもしろさでもある」

「はあ、なるほど」

相槌《あいづち》を打つのは、南雲の役目だ。

梅は警戒しているのか、膝のまえに置かれた茶碗に手もつけない。

八郎兵衛は野呂田の隙《すき》のない所作を眺めながら、熱い茶を啜った。

「相馬武士にとって馬は命とおなじ、馬の世話をする馬方は有能な者でなければつとまらぬ。軽輩とはいえ、藩士の花形です。とりわけ陣五郎は、貧農の出であるにもかかわらず有能な男で、相馬家随一の馬方になる器量を備えておった。わしなぞも過大な期待をかけておりました。喩《たと》えてみれば、茶碗の焼きあがりを待つ心境にも通じる面がござった。ところが、あの男はとんだ欠け茶碗になってしまいよった」

　二十年余りもまえのことだが、陣五郎はあることがきっかけで出奔《しゅっぽん》した。

「馬方仲間に肝の太いところをみせろとそそのかされ、妙見さまをお祀りする本殿へ忍びこみ、恐れ多くも繋ぎ馬の大絵馬を盗んだのです」

　大絵馬は無事に戻されたが、陣五郎は訴えられた。

　藩の役人に捕まれば打ち首は免れない。陣五郎は縄を打たれる寸前で逃げ、馬方仲間数人を撫《な》で斬《ぎ》りにし、そのうえで出奔したという。

「妙見さんを奉じていたはずの男が毘沙門と名を変え、やがて、毘沙門の眷属《けんぞく》である百足と呼ばれて闇《やみ》を牛耳《ぎゅうじ》るようになったとか。そうした噂《うわさ》は、かような草庵《そうあん》に燻《くすぶ》っておっても、風の便りに聞こえてまいります。どちらかと申せば穏やかで気弱だった若者が、なぜ、残忍な手口で知られる悪党の首魁《しゅかい》になりさがったのか、不思議でたまりませぬ」

　野呂田老人は、二十年もむかしの逸話を語っている。

　陣五郎の生き様にも興味はあったが、この調子だと弘前藩と陣五郎の繋がりに関わる内容は聞けそうにない。

　期待外れかと、八郎兵衛はおもった。

　隣に座る梅が白い腕を伸ばし、茶碗を手に取る。

温《ぬる》くなった茶で口を濡らし、親しげに「ご隠居さま」と呼びかけた。

こぼれるような笑みを浮かべ、梅は意外な台詞《せりふ》を口走る。

「ここ数日のあいだに、百足の陣五郎とお逢《あ》いになりましたね」

単刀直入に切りこまれ、野呂田ははっと息を詰めた。

図星なのだ。

眼差しを宙に泳がせ、苦しげに吐いてみせる。

「梅どのと申されたか。なぜ、さようにおもわれる」

「瞳に脅えが宿っております。それは嘘《うそ》を吐《つ》いている証拠、わたしにはすぐにそれとわかるのですよ」

「ふうん、目の色を読まれるとはのう。想像もしておらなんだわい」

「陣五郎が訪ねてまいったのですね」

「ふむ」

「なぜ、お隠しになります」

「関わりたくないからよ。わしは人と接するのが嫌で草庵を結んだ。つれあいはこの世におらぬ。子や孫たちとも縁を切った身じゃ」

八郎兵衛は、部屋の隅に置かれた位牌《いはい》にちらりと目をやった。

先立った妻の魂だけが、唯一、老人と連れそうことのできる存在なのか。

おそらくは、野呂田を頑《かたく》なにさせるなんらかの出来事があったにちがいない。

が、穿鑿《せんさく》しても詮無《せんな》いはなしだ。

梅は茶碗を置き、詰問《きつもん》口調で質《ただ》す。

「陣五郎が訪ねてきた理由をお教え願いましょう」

「教えぬと言ったら」

「言わせませぬ」

梅は毅然《きぜん》と発し、八郎兵衛に顎《あご》をしゃくった。

「この者が、そなたの指を落とします」

「指を」

「二度と、青鋒の感触を味わえませぬぞ」

「恐いおなごじゃ。なれど、肝心の剣豪どのは戸惑っておいでのご様子。ふっ、おぬしらとて一枚岩ではないということか」

「あながち、そうでもない」

八郎兵衛は片膝立ちになり、しゅっと白刃を抜いた。

抜刀の瞬間のみならず、畳に置かれた大刀をどうやって拾ったのかもわからない。

気づいてみれば、蒼白い切っ先が老人の鬢《びん》に触れている。

「……お、おみごと」

野呂田は双眸《そうぼう》を瞠《みは》り、額《ひたい》に膏汗《あぶらあせ》を滲《にじ》ませる。

八郎兵衛は切っ先を下ろし、素早い手捌《てさば》きで刃《やいば》を納めた。

折敷《おりし》いた膝を引き、何事もなかったように正座する。

野呂田は、ふうっと肩で息を吐いた。

「いつなりとでも死ねる。そうおもっていたが、いざ死ぬとなると恐ろしい。人とは弱いものよのう」

梅は焦《じ》れる気持ちを抑え、ことさらゆっくり喋った。

「さあ、おこたえくだされ。なにゆえ、陣五郎は訪ねてまいったのか」

「いにしえの伝説を聞きにまいったのじゃ」

「いにしえの伝説」

「さよう、相馬一国にかぎらず陸奥国全土に関わる神剣の伝説じゃよ」

はなしは一千年余りまえ、平安京を創始した桓武《かんむ》天皇の御代《みよ》にまで遡《さかのぼ》る。

大和《やまと》朝廷は鬼門に住む蛮人《ばんじん》を隷属《れいぞく》させるのだと公言し、陸奥国へ聖戦という名の侵略をおこなった。

五万有余の軍勢を率いる征夷《せいい》大使は紀古佐美《きのこさみ》という。

ちょうど桜の開花するころ、朝廷軍は仙台北東の多賀《たが》城を出発し、二十日のちには平泉の北に流れる衣《ころも》川へ到達した。

五万有余の朝廷軍に対するは、勇者阿弖流為《アテルイ》率いる二千ほどの勢力だった。阿弖流為は北上川沿いの胆沢《いさわ》地方に拠《よ》る蝦夷《えみし》を束ねる領袖《りょうしゅう》で、人望がある。盟友母礼《モレ》との連合勢力は、蝦夷最強と目されていた。

とはいえ、兵力に差がありすぎた。

都人の誰もが、蝦夷は戦わずして白旗をあげるものと予想した。ところが、阿弖流為たちは陽動と奇襲を繰りかえしながら果敢に干戈《かんか》を交え、白旗をあげるどころか衣川の戦いにおいて見事に紀軍を撃破、征東軍（第一次）を解体に追いこんだ。

怒り心頭に発した桓武天皇は紀古佐美の任を解き、征夷大将軍に大伴弟麻呂《おおとものおとまろ》、副将軍に坂上田村麻呂《さかのうえのたむらまろ》を擁立するや、即刻、十万余の第二次征夷軍を編制させた。しかしながら、阿弖流為率いる蝦夷の勢力はまたもや朝廷軍を撥《は》ねかえし、北上川以北の独立を守ったのである。

血で血を洗う戦闘は二十年近くにおよび、陸奥国は疲弊の極《きわ》みに達した。

そこで、実力者の坂上田村麻呂が征夷大将軍に任じられると、蝦夷の部族間に亀裂を生じさせる懐柔策などが講じられ、阿弖流為側の抵抗力は徐々に殺《そ》がれていった。さらに、胆沢城の築城によって朝廷側が永久占領の構えをみせるにいたり、ついに阿弖流為は投降を決意した。

一方、田村麻呂は投降すれば生命は保証すると確約した。ところが、阿弖流為は桓武天皇に拝謁すべく平安京へあがったところで裏切られ、処刑されたのである。

「よろしいか。神剣と申すのは、朝廷側にさんざ手を焼かせた阿弖流為を投降させるべく、敵意のないことを証明してみせるために蝦夷へ贈られた剣にござる」

相馬家元馬喰頭の野呂田文悟は、こほんと咳払《せきばら》いをしてみせた。

「神剣は、桓武天皇より坂上田村麻呂に託された。剣の名は天叢雲剣《あめのむらくものつるぎ》。説明するまでもございますまい、三種の神器に列する宝剣にして日の本を統《す》べる神威の象徴にほかなりませぬ」

素戔嗚尊《スサノヲノミコト》が八岐大蛇《ヤマタノオロチ》の尾を裂いて取りだし、日本武尊《ヤマトタケルノミコト》が東征の際に佩《は》いたとされる天叢雲剣。天皇ですら即位の際以外は動かせず、本来は内裏《だいり》の深奥に眠っているはずの宝剣が蝦夷の手に渡ったというのか。

信じられぬ。

「ちっ、ここでも法螺話を聞かされるとはな」

おもわず、八郎兵衛は舌打ちした。

「法螺話ではござらぬ。朝廷にしてみれば、阿弖流為はかほどに恐ろしき宿敵と目されておったのです。もっとも、田村麻呂は神剣を取りもどす腹づもりでいた。事実、阿弖流為の命を保証して投降させ、平気で裏切っておるわけですからな」

阿弖流為を処刑したのち、田村麻呂は蝦夷の根城という根城を虱潰《しらみつぶ》しにあたり、天叢雲剣を探索させた。が、ついに、みつけることはできなかった。

蝦夷の残党は密かに神剣を所有し、代々、阿弖流為の子孫に伝えてきたという。

ならばいったい、子孫とは誰なのか。

坂上田村麻呂によって、係累《けいるい》はすべて抹殺されたのではないのか。

逆に考えれば、神剣を所持する者こそ、まつろわぬ誇り高き勇者の子孫ということになる。

たった一度だけ、神剣が世に出たことがあると、野呂田は胸を張った。

「天叢雲剣を佩いて帝《みかど》に昂然《こうぜん》と反旗を翻《ひるがえ》した人物。誰あろう、それこそが平将門公にほかなりませぬ」

大和朝廷を震撼《しんかん》させたこの大叛乱《だいはんらん》は、田村麻呂によって蝦夷が平定《へいてい》された百三十四年後、朱雀《すざく》帝の御代《みよ》に勃発《ぼっぱつ》した。将門は一族を平定するや、瞬《まばた》きのあいだに坂東《ばんどう》八カ国を征圧し、みずからを新皇《しんのう》と名乗った。

覇権の象徴である宝剣の霊力は類《たぐ》い希《まれ》なる求心力を発揮し、東北や北関東に蟠踞《ばんきょ》する強者《つわもの》どもが寄りつどった。

宝剣こそが将門に天皇を名乗らせる根拠を与えたのだと、野呂田は分析する。

「そうでなければ、将門公が神憑《かみがか》りになられたことの説明がつきませぬ」

朝廷に弓を引くと決した将門は、天より一頭の黒駒を授かった。

天馬を乗りこなすことのできる者は、将門をのぞいてほかにいない。

野呂田文悟の先祖は、じつをいえば、黒駒の世話を任された馬方であった。

ゆえに、野呂田家には代々、神剣伝説が伝えられてきたのだという。

「将門公は追捕使の俵藤太《たわらのとうだ》こと藤原秀郷《ふじわらのひでさと》の放った矢にこめかみを射ぬかれ、こころざしなかばにして斃《たお》れました。秀郷は将門公の首級《みしるし》とともに、宝剣を奪取する命を帯びていた。にもかかわらず、御遺骸は剣を佩いておらなんだ。天叢雲剣は今も、陸奥国のどこかに隠されている。わしは、そう信じております」

「莫迦《ばか》らしい」

鼻をほじくる八郎兵衛とちがい、梅の顔は真剣そのものだ。

「陣五郎は、神剣のありかを質しにまいったのですね」

「さよう、梅どのの仰るとおりじゃ」

「で、おこたえになられたのか」

「あはは、神剣のありかなぞ、一介の馬方が知ろうはずもない。陣五郎は小《こ》半刻《はんとき》もせぬうちに帰っていきましたよ」

人を食ったような老人の台詞が、真実か否かはわからない。

これ以上、追及のしようはなかった。

「あなた方に告げるべきか否か、悩ましいところじゃが、やはり、お教えしておくべきでござろう。奥州路は七北田宿《ななきた》のさきにある七ツ森に、百足どもの隠し砦《とりで》がござります」

「なんと」

八郎兵衛にしてみれば、それこそがもっとも知りたい内容だった。

「死に急ぎたいのなら、お行きなさるがよい」

野呂田老人はそれだけ言うと、横を向いてしまった。

罠《わな》かもしれぬ。

いや、どう考えても罠にちがいない。

陣五郎はこちらの動きを察知し、先手を打ったのだ。

が、たとい罠であっても、逃げるわけにはいかない。

「まいるぞ」

八郎兵衛はぞんざいに言いはなち、大小を腰に差した。

四

三人は相馬家領内を駈けぬけ、伊達家領内の岩沼宿《いわぬま》で奥州路へ合流したのち、仙台城下に腰を落ちつけた。奥州道中は五街道のひとつだが、幕府の道中奉行が管轄するのは白河《しらかわ》までで、それより北の道中は諸藩の管轄となる。

すでに、五日が経《た》っていた。

七ツ森までは約五里、遠くはないが、事前にあらゆる情報を仕入れておくべきだという南雲のことばにしたがった。

八郎兵衛は城下の中心、奥州道中と大町通の交差する芭蕉《ばしょう》の辻《つじ》に立った。

四方には白壁の櫓《やぐら》が屹立《きつりつ》し、一重《ひとえ》桜がちらほら咲きはじめている。

芭蕉の辻を中心に碁盤の目のような町割りがなされ、仙台は江戸をもしのぐ規模となった。

少し足を延ばせば、歌枕に詠《よ》まれる景勝地もある。

「桜といえば塩竈《しおがま》、朧月《おぼろづき》といえば松島、されど悲しいかな、われらの旅は遊山にあらず、道草は許されませぬ」

南雲は戯《おど》けた調子で言い、西にくねくねと蛇行《だこう》する広瀬川の畔《ほとり》へ向かった。

梅は強行軍のために体調をくずし、国分《こくぶん》町の旅籠《はたご》で休んでいる。

「伊坂さまは、梅どのがお嫌いですか」

「何だ、藪《やぶ》から棒に」

「おふたりが、ほとんどおはなしになられぬので」

「あのおなごがどうのというのではない」

「と、申されますと」

「大目付の跡部という男が気に食わんのだ」

「ほう、跡部山城守さまのことをご存じで」

「知らぬ」

「へ」

「知らぬが、どんな男かは知っておる」

「老中首座、水野越前守さまのご実弟にあられます」

「それがまず気に食わぬ。権力を笠《かさ》に着る男にかぎってろくな者はいない」

跡部は大塩平八郎が決起したときの大坂東町奉行、つまり大塩の上役だった。

「あのとき、大坂は米不足に喘《あえ》いでいた。大塩は何度も飢餓人の救済を訴えたが、ことごとく黙殺された」

跡部は救済するどころか、実兄の水野忠邦に命じられ、大量の備蓄米を江戸へ回送してしまった。回米は新将軍就任の儀式にともなう措置である。すなわち、町奉行たる者が保身と救済を天秤《てんびん》に掛け、迷わずに保身を採ったのだ。

「餓死者すら出ておるというのに、大坂の豪商どもは享楽《きょうらく》に耽《ふけ》り、米を大量に買い占めて米価のつりあげをはかった。跡部のやつは、これも黙認した。大塩は怒りを抑えきれず、奸吏《かんり》と悪徳商人に天誅《てんちゅう》を加え、貧乏人に金穀を分けあたえるために立ちあがったのだ」

「わたしらが教えられたはなしは、まったくちがいますよ」

「ん、どうちがう」

「大塩平八郎はいたずらに世の中を擾乱《じょうらん》させた不逞《ふてい》の輩《やから》、役人の面《つら》汚し以外の何者でもないと教わりましたが」

「愚かな」

叛乱当日、大塩党は大川に架かる難波《なにわ》橋を南へ渡り、豪商の邸宅に火を放った。随所で鉄炮《てっぽう》隊による交戦がおこなわれ、内平野町周辺や堺筋淡路町では白兵戦まで展開された。

もはや、大勢が決していたにもかかわらず、跡部は大塩方にあった梅田《うめだ》某《なにがし》の首を獲《と》らせ、長柄《ながえ》槍《やり》の先端で串刺《くしざ》しにして掲げさせた。捕り方どもは鬨《とき》の声を騰《あ》げ、生首の槍を先頭に廃墟《はいきょ》と化した大坂の町を意気揚々と練り歩いたという。

「跡部は大塩党の叛乱を鎮圧し、その手柄で大目付になった。正義のために決起した者が磔《はりつけ》にされ、平然と正義を踏みにじった者が出世する。南雲よ、そんな世の中はまちがっているとはおもわねえか」

南雲はしばらく考えこみ、淋《さみ》しげに微笑んだ。

「伊坂さまが羨《うらや》ましいです」

「どうして」

「浮雲のように自由に生きておられる。だから、おもったことを堂々と口にできる。わたしにはとても無理です」

自由にものを考え、口にしたいと望むなら、身分も家族も捨てる覚悟がいる。南雲にそれを強要するのは酷《こく》なはなしだ。

「はなしを変えましょう」

みずからを鼓舞するように、南雲は声に力を込めた。

「七ツ森に、はたして陣五郎はおりましょうか」

「手ぐすねを引いて待ちかまえておるわ。そうでなければ、野呂田という老いぼれを生かしておく意味はあるまい」

「やはり、陣五郎の仕掛けた罠だと仰る。しかし、なんのために」

「しかとはわからぬ、われらを消そうとしていること以外にはな。どっちにしろ、こちらの動きは敵に筒抜けということさ」

「裏切り者がおるとでも」

「察しがよいな」

「誰です」

「さあ、おぬしかもしれぬ」

睨《にら》みつけてやると、南雲はあからさまに膨れ面をつくった。

「気にいたすな。いずれわかる」

「ところで、伊坂さまは神剣の伝説、信じますか」

「ふん、莫迦らしい」

「陣五郎は信じておりますぞ。あやつは勘定高い商人《あきゆうど》の顔をも持つ男。さしたる根拠もなしに、かような伝説を信じますまい。ひょっとしたら、野呂田老人は神剣のありかを陣五郎に伝えたのではないか。わたしには、そうおもわれてならぬのです」

平将門と神剣の関わりについても、妙に説得力があると南雲はつづける。

「将門を射貫《いぬ》いた俵藤太といえば、近江三上山《おうみかみやま》の百足退治で勇名を馳《は》せた武将です。百足は陣五郎の異名ではござりませぬか。以前、蝦夷屋が高田馬場の宝泉寺を檀那寺《だんなでら》にしていると聞いたことがあります。俵藤太が将門討伐を祈念し、毘沙門堂を建立《こんりゆう》したのが宝泉寺にほかなりません。毘沙門天の眷属は百足。つまり、陣五郎はみずからを俵藤太に隷属した百足にみたて、将門が所持したという神剣のありかを求めたのではないか。そうはおもわれませぬか」

なぜ、盗人ごときが三種の神器を欲するのか、肝心な点がわからぬ。

と、おもいつつも、八郎兵衛は応じようともしなかった。

俵藤太が退治した百足とは、三上山を七巻き半もする大百足であったという。

南雲は捕吏《ほり》のくせに、幼子にはなして聞かせるような法螺話の虜《とりこ》になっている。

「梅どのも、神剣伝説には興味をお持ちのご様子でした」

「もういい。そのはなしはよせ」

「はあ」

広瀬川は晴天に浮かぶ雲を映し、ゆったりと流れている。

南雲は話題を変えた。

「そういえば昨夜《ゆうべ》、芭蕉の辻で辻斬りがあったそうですよ」

「ほう」

「下手人《げしゅにん》らしき侍の風体がちと気になりましてね、隻腕《せきわん》であったというのです」

「まことか。なぜ、それをはやく言わぬ」

八郎兵衛は眉をひそめ、ついと踵《きびす》を返した。

南雲は慌てて、背中に叫びかけてくる。

「例の葛巻伊織でしょうか」

「たぶんな」

葛巻は八郎兵衛たちの足取りを追い、仙台までやってきたのだ。

梅の随伴はもちろん、梅の正体を調べあげているかもしれない。

最愛の妻に騙《だま》されていたことを知った途端、葛巻は歯止めの利《き》かない男になってしまうだろう。

「あの女、まっさきに命を狙われるぞ」

「なるほど」

暢気《のんき》にうなずきながら、南雲は足早に従《つ》いてくる。

「葛巻はな、追ってきたことを知らしめるべく、辻斬りをやったのさ」

「どうして、辻斬りなのですか」

「恐怖を植えつけるため。自分が疫病神であることを誇示したいのだ」

「厄介ですね」

「ああ、そうだな」

ふたりは国分町へ戻り、太鼓暖簾《のれん》に『錦屋《にしきや》』と染め抜かれた旅籠へ駆けこんだ。

二階の小部屋に踏みこむと、梅は鏡台のまえで下げ髪を梳《と》かしていた。

振りむいた顔は、病みあがりにしてはすっきりしている。

「お戻りなされませ。おふたりとも血相を変えていかがなされたのです」

「別に、なんでもない」

葛巻のことは触れずにおいたほうがよいと、八郎兵衛は咄嗟《とっさ》に判断した。

「からだのほうはどうだ」

「もうすっかり、もとに戻りましたよ」

「そうか」

「伊坂さまらしくもありませんね。ご心配していただいたなんて」

梅は片頰で笑い、長い黒髪を器用にまとめはじめた。

その仕種《しぐさ》がいかにも艶《なま》めかしく、南雲は正視できずにいる。

「いましがた宿改めがございましてね、物々しい扮装《いでたち》に身を固めた伊達家の御家中が土足で踏みこんでまいりました」

「ほう」

「なにやら、芭蕉の辻で禍事《まがごと》があったとか」

梅は探るような目を向け、口をつんと尖《とが》らせた。

「ご存じなのですね。南雲どの、何があったのです」

唐突に問われ、南雲は阿呆《あほう》のような顔になった。

「黙っていては、わかりませんよ」

みかねた八郎兵衛が、代わりに応じてやる。

「辻斬りさ。下手人は隻腕の侍らしい」

「隻腕……葛巻ですね」

「たぶんな」

「狙いはわたし。それとも、伊坂さま」

「お気遣いなされますな。葛巻ごときに命を狙われたとて恐くもなんともありませんから」

「以前の葛巻とはちがうぞ」

「どうちがうのです」

「いちど地獄をみたものは、生半可なことでは音《ね》をあげぬ。恨《うら》みは人の心に眠る尋常ならざる力を呼びさまし、人を化け物に変える。今の葛巻がそれよ。侮れぬ化け物になりおおせたかもしれぬ」

「伊坂さまも修羅の道を歩んでこられたのでしょう。なれば化け物同士、良い勝負ができようというもの」

八郎兵衛は詰まらなそうな顔をする。

「ふん、おぬしの言うとおりかもな」

「出立いたしましょう」

「すぐにか」

「はい、南雲どのの探索により、隠し砦の所在はほぼ察しがついております。ちがいますか」

「ええ、まあ」

「両方だろう」

自信なげに応じる南雲を無視し、梅は毅然《きぜん》と言いきる。

「邪魔のはいらぬうちに役目を果たさねばなりませぬ。さあ、七ツ森へまいるのですよ」

宵闇に紛れて獲物へ迫り、一気に仕留めてみせようとでもいうのか。

無謀のようだが、危険を冒さねば相手の裏を掻くことはできない。

「よし、出立いたそう」

八郎兵衛は、乾いた唇《くち》もとをぺろりと嘗《な》めた。

五

日本橋を起点に青森まで北上する奥州道中は全行程で百八十八里、宿数は百十におよぶ。

仙台から北へ五里余り、地平線の涯《は》てまで水田のつづく穀倉地帯を突っきり、七十番目の宿場にあたる七北田を越えて左手をのぞめば、七つの小高い山の連なりがみえてくる。

「あれが七ツ森か」

太陽は西にかたむき、田圃《たんぼ》のただなかに隆起した丘陵は茜《あかね》に染まりつつある。

「すぐに日が暮れるぞ」

八郎兵衛の足は自然と速まった。

小半刻も進むと山の向こうに陽《ひ》が落ち、麓《ふもと》の民家に灯《あか》りが点々としはじめる。主峰の笹倉山《ささくらやま》を筆頭に七つの山々は蒼《あお》く沈み、昏黒《こんこく》となりゆく空と稜線《りようせん》の境界が曖昧《あいまい》になっていく。

南雲に誘導され、笹倉山の登攀口《とうはんぐち》までは迷うこともなくたどりついた。

行く手には鬱蒼《うつそう》とした杉木立が控え、間隙《かんげき》に一本の細道が延びている。

十間《けん》ほどさきは漆黒の闇だ。

時折、得体の知れない獣の双眸《そうぼう》が光った。

森のなかへ分けいるのかとおもうと、気が滅入ってくる。

――うおおん。

山頂のほうから、山狗《やまいぬ》の遠吠《とおぼ》えが聞こえてきた。

「やめますか」

南雲は半笑いの顔で冗談をこぼし、小田原提灯《おだわらちようちん》に火を点《つ》ける。

「おい、火を消せ」

「え」

「敵に勘づかれるぞ。早く消すのだ」

「提灯《こいっ》がなけりゃ一歩も進めませんよ」

「わしの背に従いてこい」

八郎兵衛は梟《ふくろう》のように夜目が利く。

先頭に立つと、梅が背後に滑りこんできた。

しんがりの南雲は、聞こえよがしに舌打ちをする。

「ちっ、これじゃ何もみえねえや」

「すぐに馴れるさ。闇に目を凝らせば少しはさきもみえてくる」

八郎兵衛は五感を駆使して闇を探りはじめた。

隘路《あいろ》は曲がりくねった急勾配《こうばい》だ。足許《あしもと》はぬかるんでいる。

随所に木の根が張りだしており、何度も躓《つまず》きかけた。

南雲が背中に囁《ささや》きかけてくる。

「伊坂さま、二町ほど行けば注連縄《しめなわ》が張られた杉の御神木が立っているそうです。道はそこで二股《ふたまた》に分かれます」

「どっちへ進む」

「右へ」

「確かか」

「はい、地元の百姓に聞いたので。右の細道をさらに三町ほど登ると、山の中腹へたどりつきます。そこまで行けば、炭焼小屋の篝火《かがりび》がみえてくるはず」

「わかった」

炭焼小屋は物見小屋にすぎず、背後に巨岩の割れ目がある。割れ目から奥は足許に清水の流れる岩屋になっており、通り抜けもできるらしい。

その岩屋こそが百足一味の隠し砦ではないかと、南雲は推測していた。

「冬場、七ツ森は雪に閉ざされます」

毎年、ちょうど今ごろから、悪党どもは顔を出しはじめる。村娘を攫《さら》うこともあると、百姓たちは困った顔で南雲に語ったらしい。庄屋も代官も金でまるめこまれ、見て見ぬ振りをしているのだ。

「伊坂さま。百足一味ではなく、ただの山賤《やまがつ》かもしれませんね」

「おなじことだ。誰であろうと叩《たた》っ斬るのみ」

勾配はいっそうきつくなり、三人はひとことも口を利かなくなった。

杉の御神木を越えて一刻ほど急坂を登ると、笹藪《ささやぶ》の向こうに炭焼小屋の篝火がみえてきた。

ここからさきは囁き声も出せない。

星明かりだけをたよりに、身振り手振りで会話を交わす。

南雲が篝火のほうを指差した。

胴丸を着けた見張りらしき男が、うたた寝をしている。

八郎兵衛は南雲と梅をその場に残し、跫音も起《た》てずに忍びよった。

見張りの背後に迫り、脇差《わきざし》を抜くや、喉笛《のどぶえ》を真横に掻っ斬る。

ぶしゅっと鮮血が散り、篝火がわずかに揺れた。

八郎兵衛は屍骸《むくろ》を暗がりに引きずり、隠れているふたりを呼びよせた。

南雲は大刀の柄《つか》に手を掛け、梅は短刀を抜いて逆手《さかて》に握っている。

八郎兵衛は短刀を仕舞うようにと、梅に身振りで指示を出した。

周囲に敵の気配はない。小屋の裏手へまわってみると、巨大な屏風岩《びょうぶ》の下部に裂け目があった。人ひとりが身を横にして、ようやく侵入することのできる狭い空間である。

三人は顔を近づけ、うなずきあった。

だが、八郎兵衛は踏みこもうとするふたりを制し、岩陰に潜ませた。

ここからさきは単独で進む。足手まといのふたりは連れていけない。

割れ目に踏みこみ、慎重に数歩進んだ。

臑《すね》が何かに引っかかる。

ぷつんと、糸が切れた。

突如、真正面から黒いものが突っこんできた。

筏《いかだ》に組んだ丸太の先端が闇を剔《えぐ》り、轟然《ごうぜん》と襲いかかってくる。

「うおっ」

咄嗟に身を伏せ、腹這《はらば》いになった。

凄《すさ》まじい風が、頭上を擦《す》りぬけていく。

丸太は背後の岩壁に激突し、粉々に砕けちった。

粉塵《ふんじん》がおさまると、岩屋のなかはしんと静まりかえった。

八郎兵衛は這いつくばったまま、全神経を耳に集中させた。

「よくぞ躱《かわ》したな」

聞きおぼえのある声が響いた。

ぼっと、松明《たいまつ》が灯《とも》る。

二十間ほどさきに、筒袖《つつそで》の大柄な男が立っていた。

人相はよくわからないが、男の正体はすぐにわかった。

八郎兵衛はゆっくり起きあがり、腰を屈《かが》めて対峙《たいじ》する。

「尾関唯七だな。うぬがなぜ、ここにおる」

「ふん、まさか、おぬしが遠山景元と繋がっておろうとはのう。おかげで十手は返上させられるわ、江戸からは逐《お》われるわ、散々な目に遭わされた。とどのつまり、蝦夷屋のほかに頼るところものうなってな」

「悪党の手下になりさがったというわけか」

蝦夷屋利平こと百足の陣五郎が江戸を去ったあとも、尾関は連絡《つなぎ》を取る方法を知っていたことになる。よほどの腐れ縁とみて、まちがいあるまい。

「おぬしの首を土産《みやげ》にすれば、一段と待遇も良くなるであろうよ」

「屑《くず》め」

「ふっ、おぬしも屑であろうが」

八郎兵衛は殺気を放ち、ぐっと睨みつける。

「陣五郎はどうした」

「おらぬさ。この場はわしが任された」

「われらの動向を探り、誘うたのだな。野呂田文悟も一味か」

「わしに訊くな。誰と誰が悪党かなぞ、いちいちおぼえておらぬ」

「弘前藩はどこまで絡んでおる」

「さあな」

首を捻《ひね》る尾関に、八郎兵衛はたたみかけた。

「陣五郎は神剣のありかを知ったのか」

「うるさいのう。わしに訊くなと申しておる」

「教えてくれぬか。悪事のすべてを」

「知りたいなら、寝返ればよい。痩せ我慢するな。どうせ、おぬしも金目当ての野良犬であろうが」

金に靡《なび》けば、仲間に入れるとでもいうのか。

「おぬしには、まだ使い道がある。仲間に引きこめば、死に首を携えていくより金になるのさ。どうだ。唯一、それが助かる道ぞ」

「尾関よ、顔に似合わずおもしろいことを抜かす男だな。わしはおぬしに、いささか恨みがある」

「吊り責めか」

「あの苦しみはな、吊られた者でなければわからぬ」

「ふほっ、わしを吊すか」

「それも面倒臭い」

「誘うただけ無駄だったな」

尾関は、さっと右手をあげた。

四方に松明が点灯し、闇のなかから悪党どもがあらわれた。

数は二十人近く、いずれも甲冑《かっちゅう》の一部を身に纏《まと》い、本物の山賤にしかみえない。

「こやつらは正真正銘の山賤どもよ。首魁は相馬の夜叉《やしゃ》と懼《おそ》れられる男でな、陣五郎が大枚を叩《はた》き、手下どもを譲りうけたのさ。なにせ、おぬしは百人斬りの異名をもつ男。百戦練磨の猛者《もさ》どもでなければ、まともに相手はつとまらぬ」

「尾関、うぬとは一対一の勝負がしたいのだ」

「のぞむところと言いたいが、わしとて命は惜しい。こやつらと戦って生きのこったら、そのときは勝負してやる」

「卑怯《ひきょう》者め」

「命の取りあいに卑怯も糞もねえ。んなことは百も承知だろうが、あん」

尾関が奥へ引っこむと、ふたりの男が喊声《かんせい》をあげ、左右から斬りかかってきた。

「ふりゃ……っ」

八郎兵衛は国広を抜刀し、ふたりの首筋を裂いた。

甲冑を纏う相手には、喉、腋《わき》、小手《こて》、股間《こかん》を狙う。

「ひゃああ」

山賤どもは悲鳴をあげ、つぎつぎに斃れていった。

小手を失う者、股間を串刺しにされる者、首を飛ばされる者が入りみだれる。

岩屋のなかは阿鼻叫喚《あびきょうかん》の坩堝《るつぼ》と化し、刃の弾《はじ》ける音と断末魔が錯綜《さくそう》した。

八郎兵衛は返り血を避け、松明のそばに駈けよせる。

血腥《ちなまぐさ》い臭気を嗅《か》ぎながら山賤どもを斬りふせ、気づいてみると背後には死骸《しがい》の山が築かれていた。

前歯を剝《む》いて顔をあげれば、正面に裏へ抜ける裂け目がある。

裂け目の向こうには、火薬筒を手にした尾関が佇んでいた。

「伊坂よ、そこまでだ」

尾関は短い導火線に点火し、火薬筒を抛《ほう》る。

八郎兵衛は真横に跳ねた。

と同時に、火薬筒が地面を噴きとばす。

「ぬわっ」

爆風をまともに受け、藁《わら》人形のように宙へ舞った。

岩壁に叩きつけられ、どさっと背中から地に落ちる。

からだはぴくりとも動かず、意識は消えかかっていた。

やけに焦げ臭い。

屍骸が焼けているのだろう。

「死んだか」

「いや、この程度じゃ死なねえ」

ふたりの男が、すぐそばで会話を交わしている。

ひとりは尾関だ。

もうひとりの嗄《しわが》れ声も聞いたことがある。

おもいだした。

　小高の草庵で聞いた声だ。

「……の、野呂田か」

　悪態を吐こうにも、声を出せない。

　相馬の夜叉とは野呂田文悟のことなのだ。

　ふたりの息遣いが、耳許に近づいてくる。

「夜叉どの、いかがいたす。こやつ、おぬしの手下を十四、五人は斬ったぞ」

「ふむ。この場でとどめを刺してもよいが、それでは金にならぬ」

「連れていくか」

「そのほうが陣五郎も喜ぶであろうよ」

「仲間のふたりは」

「連れてまいろう。ことに梅という女は怪しい。何か秘密を握っていそうじゃ」

　八郎兵衛は、早縄《はやなわ》で後ろ手に縛られた。

　手馴れた仕種から推すと、尾関であろう。

　腕を捻《ひね》られた瞬間、全身に痛みが走った。

　そこでようやく、生きていることを実感できた。

六

――ぎゃああ。
女の悲鳴が聞こえ、八郎兵衛は目を醒《さ》ました。
潮の香りがする。
ぎっ、ぎっと、壁や床が軋《きし》んでいた。
船倉であろうか。
真っ暗で昼夜の区別もつかない。
ぐわんと、床が揺れた。
波間を奔《はし》っているのではなく、漂《ただよ》っているようだ。
次第に目が馴れてきた。
一間ほど離れた柱に、南雲勘助が縛りつけられている。
首から腰まで雁字《がんじ》搦《がら》めに縛られ、こうべを垂れているのだ。
「おい、勘助」
囁きかけても、反応はない。
耳を澄ますと、寝息が聞こえた。

生きているとわかり、ほっと胸を撫でおろす。

「ぎゃああ」

またもや、女の悲鳴が響いた。

「梅」

可哀想に、尾関に責められているのだろう。

身を起こそうとしても、おもうようにいかない。

八郎兵衛も南雲同様、雁字搦めに縛られていた。

「あっ、蓑虫《みのむし》が目を醒ましやがった」

誰かが叫んだ。

声のほうへ顔を向けると、龕灯《がんどう》が揺れながら近づいてくる。

「どれどれ、面を拝んでやろう」

龕灯を提げた男に気づき、八郎兵衛は息を呑んだ。

肥えた男だ。

鼻の疣を掻き、よっこらしょっと屈みこむ。

「……や、矢倉屋。おぬしも一味だったのか」

「わるくおもわんでくれ。遠山さまにはお世話になったが、それもずいぶんむかしのはなしでな」

「ふっ、わしは三陸沖の航海に出て、隠密廻りの虚《むな》しさを実感したのよ」

「寝言は聞きたくない」

「寝言ではないぞ。人はいずれ死ぬ。ならば、残りの半生をおもしろおかしく過ごしてみたい。そんなふうに考えるのは自然なことさ」

「千石船を襲って米相場を操る。それが楽しいのか」

「いいや。わしらが狙っておるのは、もっと大きなはなしよ」

「大きなはなしだと」

「聞けば、おぬしも身を乗りだすぞ。それこそ、遠山さまや幕閣の御歴々も知りたい内容だろうて。ふふ、教えてほしいか」

寄せてくる鼻の疣をめがけ、八郎兵衛は唾《つば》を吐いた。

「ふえっ、何をさらす」

矢倉屋嘉右衛門は拳《こぶし》をつくり、鼻面を撲《なぐ》りつけてきた。

「この負け犬め」

激痛とともに、鼻血がだらだら垂れてくる。

龕灯の炎が、別の男の皺《しわ》顔を照らしだした。

「くふふ、矢倉屋さん。あんたもやりよるのう」

「裏切り者め」

声の主は草庵の主人、野呂田文悟だ。

この老人が相馬の夜叉と呼ばれ、山賤を手下にしていたとは考えにくい。が、それは事実だった。

「おぬしに喋ったとおり、わしは相馬家の馬喰頭で、陣五郎は馬方じゃった。陣五郎が道を外したのはわしのせいじゃ。わしがこやつを悪の道へ導いたのよ」

「こやつだと」

ふたりの背後に、ひょろ長い男の影が立った。

面灯《つらあか》りに照らされた顔は真っ黒に潮焼けし、精悍《せいかん》そのものだ。

「伊坂八郎兵衛、ひさしぶりだな」

「蝦夷屋……いや、百足の陣五郎か」

「今しばらくは泳がせてもよかったが、おぬしらがちと鬱陶《うっとう》しゅうなってな、生け捕らせてもらったのよ」

「ずいぶん、まわりくどいことをしたものだ」

「こうでもせねば、おぬしのごとき化け物は捕まえられぬ。存外、わしは慎重な男でな」

「梅はどうした」

「生き地獄を味わっておる。女は大目付の密偵らしいからの、何か秘密を握っておるかもしれん。それにしてもあの男、尾関唯七というたか。おぬしの元同僚はなかなかに残忍な男よのう」

「くそっ、なぜ、わしらを生かしておく」

「殺《や》ろうとおもえば、いつでも殺ることはできる。それより、船をみてみぬか」

陣五郎は横を向き、顎《あご》をしゃくった。

暗がりからぬっと顔を出した手下は、風変わりな恰好《かっこう》をしている。

とりわけ異様なのは、髪型だった。

天頂部と両鬢《りょうびん》を剃《そ》り、後頭部に残した髪だけを編んで長く垂らしている。

「妙な髷《まげ》であろう。辮髪《べんぱつ》というてな、清国の男どもはみな、ああしておるのさ」

辮髪の男は媚《こ》びたように笑い、両脚の縄を解いてくれた。

乱暴に立たされると、腰がふらついた。

無理もない。岩屋の爆破からどれほどの時が経ったかもわからぬが、飯どころか一滴の水さえ与えられていなかった。

「さあ、こっちへあがってこい」

天井の蓋《ふた》が開けはなたれた。

刹那《せつな》、眩《まばゆ》いばかりの陽光に双眸を射抜かれる。

「朝陽だぞ」

階段を登り、なんとか甲板に這いあがった。

四方に島影はみえず、青海原は陽光を煌《きら》めかせている。

「ここは松島の沖合い約十海里」

八郎兵衛は、足の速そうな双胴船の甲板に立っていた。

「船首から戸立《とだて》までの長さは四丈、幅は一丈だ。ご覧のとおり、二艘の船体は太い梁《はり》で繫がっている」

これだけの双胴船は日本にあるまいとでも言いたげに、陣五郎は胸を反らした。

「唐船《からぶね》なのか」

「帆を張ればわかる」

陣五郎は、ぴっと指笛を吹いた。

辮髪の男たちが奇声を発するや、二本の檣《ほばしら》がゆっくり立ちあがった。

前檣《ぜんしょう》が蒼天に聳《そび》えたつと、ふたりの男が猿のようにするする登っていく。

甲板の男たちが水縄《みなわ》を引けば、檣の頂部に横渡しされた桁《けた》から大きな帆が垂れさがった。

「はいやあ……っ」

歓声が騰がる。

黒木綿《もめん》の四角い帆が風を孕《はら》み、雄々《おお》しくひるがえった。

あきらかに唐船、戎克《ジャンク》である。

双胴船は大きく一枚にかさなった帆を張り、波間を颯爽《さっそう》と滑りだした。

「ふはは、どうだ。海賊になった気分は」

八郎兵衛は急に腹が空《す》いてきた。

喉も渇いてくる。

「水をくれ」

絞りだすように吐くと、背中に鍾馗《しょうき》の刺青《いれずみ》を彫った大男が手にした柄杓《ひしゃく》を口許へ運んでくれた。

「すまぬ」

礼を言い、柄杓に口をつける。

貪《むさぼ》るように呑んだ途端、ぶほっと吐きだした。

周囲に集まった悪党どもが、腹を抱えて笑った。

喉がひりひりする。柄杓の中身は海水だった。

陣五郎が手下どもを制し、悠揚と喋りかけてきた。

「こいつらのほとんどは漁師だが、なかには人殺しもいる。阿片の抜け荷を生業《なりわい》にしていた連中でな、おぬしに悪戯《いたずら》をした大男なぞは青竜刀《せいりゅうとう》で人の首をいくつも刈ってきた」

「わしを脅しても無駄だ」

陣五郎は振りむき、笑みを投げかけてきた。

「仲間にならぬか。おぬしほどの技倆《うで》を携えた男はざらにはおらぬ」

「悪党の用心棒になれとでも」

「ふふ、蝦夷屋利平の用心棒をやるより、数倍も実入りはよいぞ」

「卒都浜の長治父娘《おやこ》を焼き殺したのは、おぬしの指示か」

「わしではない」

「誰だ」

「津軽の連中さ」

「津軽の誰だ」

「それを知ってどうする」

「片を付ける」

「ここから逃れるつもりか」

「ああ」

「たいした度胸だな。よし、教えてやろう。火付けの指示を出したのは横目付支配の鎧崎桂馬という男でな」

そもそも、出自もあきらかでない一介の浪人だったが、御前試合で勝ちぬいて江戸家老高山右膳の目に止まった。それが三年前のはなしだ。高山は抜け荷に関わった証人たちを抹殺すべく、鎧崎に指示して闇の暗殺集団をつくらせた。

「鎧崎は赤目の桂馬と懼《おそ》れられておる」

「赤目の桂馬」

「阿片の味をおぼえてな、いつもどろんとした赤い目をしておるのよ。あれは物狂いの眸子《まなこ》だ。人を嬲《なぶ》り殺すのが三度の飯より好きな野郎さ」

陣五郎は津軽家の重臣に雇われているのではない。

あくまでも利で結びついているのだと主張する。

八郎兵衛にとっては、どちらでもよいはなしだ。

ひとり残らず、地獄へ送ってやるしかなかった。

「舵《かじ》を切れ、面舵《おもかじ》だ」

嬉々《きき》として、陣五郎が叫んだ。

「これから、おぬしにおもしろいものをみせてやる」

矢倉屋嘉右衛門も野呂田文悟も、辮髪の男たちもみな、双胴船の舳先《へさき》から遥《はる》か彼方を睨みつけていた。

八郎兵衛もおなじように目を凝らす。

真北の水平線に、白い帆が小さくみえた。

七

千石船だ。

「蝦夷で俵物を積みこんできたはず。あれを襲う」

「何だと」

「驚くことはなかろう。わしらは海賊だからな」

陣五郎は向かい風に鬢を靡《なび》かせ、涼しい顔で言ってのける。

双胴船は漆黒の帆を張り、海上を跳ねる駒のように奔駆しはじめた。

「はおう」

辮髪の船乗りどもが気勢をあげる。

八郎兵衛は胸が躍った。

全身に活力が漲《みなぎ》ってくる。

二の腕にぐぐっと力を入れると、後ろ手に縛りあげられた十字の縄目が弛《ゆる》んだ。

黒目だけ動かして周囲を観察する。

気づかれた様子はない。

鍾馗を背負った大男だけが、意味ありげに笑いかけてきた。

腰に黒鞘《くろざや》の日本刀を差している。

よくみれば、愛刀の堀川国広であった。

「この野郎」

前歯を剝いて威嚇《いかく》すると、鍾馗の男は国広を抜いてみせた。

長い舌で刃をぺろりと嘗め、天に向かって突きあげる。

「はいや」

鍾馗の男の疳高《かんだか》い喚《わめ》きは、船じゅうに伝播《でんぱ》していった。

四十人を超える辮髪の男たちは、ほとんどが漁師出身とはいえ、今は荒くれ者にすぎない。金品を略奪し、女を犯し、人を平気で殺す。狙われた連中は、不運を嘆くよりほかになかろう。

双胴船は奔馬となり、獲物とさだめた千石船に迫っていく。

八郎兵衛の黒い瞳のなかで、白い帆は大写しになっていった。

長さ五丈、幅二丈五尺、二千五百俵もの俵を積めるだけあって、近づいてみるとさすがに大きい。

陣五郎が首を捻り、大声で喋りかけてくる。

「米なら焼きはらうだけでいい。俵物は奪わねばならぬ」

「どうしてだ」

「清国の商船へ売り渡せば、莫大《ばくだい》な儲《もう》けになるからよ」

江戸幕府は諸外国に対して窓口を閉ざし、長崎で蘭国《オランダ》相手に細々と貿易をおこなうにとどめている。厳しい鎖国体制下、諸藩に密貿易を求めてくる清国の商船はいくらでもあった。

なかんずく、東廻航路の津軽海峡は幕府の目が届きにくい、北の涯《は》てである。領地が海峡に接する蝦夷松前《まつまえ》藩、津軽家弘前藩、同支藩の黒石《くろいし》藩、南部家支藩の七戸《しちのへ》藩および八戸《はちのへ》藩などは、藩の台所事情が厳しくなると密貿易に手を染めてきた。

東廻航路の海域には双方で定めた会合地点があり、決まった日時に洋上取引がおこなわれることもあった。

主に俵物と薬種が交換され、差額は金か銀で支払われる。清国の流通貨幣は銀なので、小判よりも銀のほうが喜ばれた。どれだけ銀を支払っても損はしない。日本国内における薬種の価値は、べらぼうに高いのだ。

「薬種なんぞより、遥かに儲かる品がある」

と、陣五郎は笑った。

「阿片か」

しかし、入手はそれほど簡単ではない。

清国の連中にしたところで、阿片の持ちだしは命懸けだった。

商人たちが懼れているのは、汚職にまみれた自国の役人どもではなく、鋼鉄の船体に巨砲を備えた英国船にほかならない。大英帝国海軍は上海《シャンハイ》や青島《チンタオ》などに戦闘艦を浮かべて警戒しており、阿片の摘発を受けたら最後、命はなかった。

「戎克の船倉には、阿片がぎっしり積んである。宝の山さ。小判にすれば何万両もの価値がある。あとは阿片を江戸や大坂にいつばらまくか。さしずめ、今は風待ちだ。ふふ、そのあいだも稼がせてもらう」

千石船の白い帆は、目と鼻のさきに迫っていた。

甲板で慌てふためく連中の様子が、手に取るように把握できる。

十字の結び目は弛みきり、いつでも縄抜けができる状態だ。

八郎兵衛はさきほどから、好機を窺《うかが》っている。

辮髪の男たちが船首へ繰りだし、楊弓《ようきゅう》に似た弩《いしゅみ》を構えた。

「放てっ」

陣五郎の怒声を合図に、一斉に矢箭《やせん》が放たれた。

濃密な束になった矢箭は弧を描き、千石船の舷《げん》や帆を射貫いた。

海賊どもは素早く海に飛びこみ、獲物の船底に齧《かじ》りついている。

舷梯《げんてい》をよじ登り、あらかじめ用意してあった綱を何本も艫《とも》に引っかけた。

千石船には商人の雇った浪人も乗っており、刀を抜いて必死に応戦している。

一方、舸子たちは甲板を逃げまどい、応戦どころではない。

「ぶちあたれ」

双胴船は千石船に急接近し、船と船は何本もの綱で結びつけられた。

「それ、かかれい」

陣五郎の合図で、辮髪の男たちが千石船に飛びうつる。

身幅の広い青竜刀《ぎょうそう》を掲げ、鬼の形相で襲いかかるのだ。

「ぬひゃああ」

応じる浪人たちは脳天を割られ、首を薙《な》ぎとばされ、甲板は血の海と化していく。

八郎兵衛は船首のそばに座し、鍾馗を背負った大男に監視されていた。

船体が波で揺れても、男は根が生えたように動かない。

頬に不敵な笑みを湛《たた》え、戦闘の行方を注視している。

尾関唯七のすがたも、梁で繋がれた向こう側の船体にあった。

「うはは、やっちまえ、みなごろしにしちまえ」

などと囃《はや》したてながら、元不浄役人は舳先から身を乗りだしている。

一方、矢倉屋嘉右衛門と野呂田文悟のすがたは、こちら側の船体にある。艫のほうから高みの見物としゃれこんでいた。

八郎兵衛は、双胴船に残った者を目で数えた。

すでに、男たちの半数以上は乗りうつっている。

「引導を渡してやる」

厄介な陣五郎も興奮を抑えきれず、舳先めがけて駈けだした。

「ぬりゃっ」

舳先の縁を蹴《け》りあげ、鳥のように跳躍する。

千石船の艫までは五間近くもあった。

それだけの長さを、百足一味の首魁は楽々と飛びこえてみせた。

「死ね」

さっそく、痩せ浪人が斬りかかってきた。

陣五郎は手刀の一撃で浪人を倒し、船倉へ下りていった。

今だ。

好機到来、八郎兵衛は縛《いまし》めを解き、鍾馗の男に躍りかかった。

「つおっ」

難なく国広を奪いとり、一閃《いっせん》、白刃を薙ぎあげる。

鍾馗の男は顔をゆがめ、ぶはっと血を吐いた。

つぎの瞬間、肉厚の胴が斜めにずりおちる。

誰ひとり、気づいた者はない。

八郎兵衛は陣風となって駈け、船と船を繋ぐ綱を一本残らず断った。

重々しい軋みをあげ、双胴船が千石船から離れはじめた。

ようやくそこで、男たちが騒ぎはじめた。

逃げまどう者もあれば、刃向かってくる者もある。

八郎兵衛は手当たり次第、男たちを刃にかけた。

「ぐふっ」

「ひぇっ」

短い悲鳴とともに、血飛沫《ちしぶき》がほとばしる。

「死に損ないめ」

船梁の向こうから、尾関が叫んだ。

八郎兵衛は応じず、艫へ走った。

「来るか、野良犬」

夜叉の異名をもつ白髪の老人が匕首《あいくち》を抜いた。

その背後には、肥えた矢倉屋嘉右衛門が控えている。

嘉右衛門とて隠密廻り、武術の心得は相当なものだ。

太鼓腹《の》をぶるっと震わせ、管槍《くだやり》を青眼に構えてみせる。

「退け」

八郎兵衛の気合いに呑まれ、辮髪の男たちは腰砕けになった。

海へ飛びこむ者が続出し、刃向かってくる者とていない。

「若僧め、来い」

野呂田は山猫のように跳躍し、船縁《ふなべり》へ舞いおりた。

両手に二本の匕首を握っている。

そちらに注目していると、嘉右衛門が真横から管槍を突きだしてきた。

――ひゅん。

穂先は弱々しく空を裂く。

「やっ」

無造作に、堀川国広を斬りさげる。

「のへっ」

柄を握った嘉右衛門の両腕が、ぼそっと落ちた。

「ひぇぇえ」

鮮血を撒《ま》きちらしながら、嘉右衛門は海面へ落ちていく。

「それっ」

野呂田が二間近くも飛びあがり、二本の匕首を交互に投げつけてきた。

一本は弾いたが、二本目は右肩に刺さる。

と同時に、八郎兵衛は野呂田の臑《すね》を刈っていた。

「ぎゃっ」

野呂田は頭を甲板に叩きつける。

もはや、左右の足は無い。

「伊坂、勝負じゃ」

と、背後から怒声が聞こえた。

尾関が船梁を渡り、髷を撥ねとばす勢いで突進してくる。

八郎兵衛は片膝を折敷き、刀をいちど鞘に納め、抜きはなった。

「そいっ」

居合は抜きが命、立身流とて変わらない。

刃を大上段に振りかぶり、全身全霊を込めて斬りおろす。

相手の頭蓋を割る勢いで、峻烈《しゅんれつ》な斬撃を浴びせかけるのだ。

ただし、ぎりぎりまで間合いを詰め、相討ち覚悟で斬りこまねばならない。

「くりゃ」

「ぬおっ」

重ねの厚い二尺四寸の国広が、猛然と振りおろされた。

ものを斬った感触は、ほとんど感じられない。

だが、国広の切っ先は確実に獲物を捉《とら》えていた。

尾関は声も無く、ただ、棒立ちになっている。

「莫迦め」

八郎兵衛は血を切り、刀を素早く鞘に納めた。

刹那、尾関唯七の月代にぴっと亀裂が走った。

亀裂は稲妻となって股間まで走り、生身のからだが左右にちぎれていく。

八郎兵衛は振りむき、離れゆく千石船に目をやった。

もはや、泳いでたどりつける間隔ではない。

百足の陣五郎が縁に片足を掛け、こちらを睨みつけている。

「ふはは、抜かったわい。つぎに逢ったときは容赦せぬぞ」

それはいつなのか。

おそらく、さほど遠くないさきであろう。

「きっちり仕留めてやるさ」

海風に鬢を靡かせながら、八郎兵衛は胸に強く誓った。

恐山道行《おそれざんみちゆき》

一

七北田から二十里余りも北上すると、一関《いちのせき》へたどりつく。

青森まで百十宿を数える奥州路のなかで、八十二番目の宿場だ。

この地に陣屋を構える一関藩（三万石）は仙台藩の支藩で、坂上田村麻呂の子孫ともいわれる伊達《だて》政宗《まさむね》夫人の実家にちなみ、藩主は田村姓を名乗る。

一関の城下を出て山目《やまのめ》宿を過ぎれば、陸奥の聖地ともいうべき平泉《ひらいずみ》は近い。

平泉の南、太田川北岸に建立《こんりゆう》された西光寺《せいこうじ》の境内《けいだい》には達谷窟《たつこくのいわや》があった。

巨大な岩壁に彫られた大日如来は日本最北の磨崖仏《まがいぶつ》にほかならず、岩壁に張りつくように毘沙門堂《びしやもんどう》が築かれている。

舞台造りの御堂は京洛の清水寺《きよみずでら》を模しており、双方とも坂上田村麻呂によって建立された。

毘沙門天は北方の守護神、田村麻呂は阿弖流為《アテルイ》に率いられた蝦夷《えみし》の軍勢を破り、戦勝を祝ってこの地に毘沙門堂を建てた。御堂の完成からほどなくして、蝦夷は大和朝廷に隷属する俘囚《ふしゅう》となり、ついに京洛と陸奥を分かつ障害は消滅、全国統一を目論《もくろ》む桓武天皇の野望は成就《じょうじゅ》したかにみえた。

陣五郎は毘沙門天の眷属《けんぞく》である百足を名乗り、田村麻呂から阿弖流為へ贈られた神剣をさがしているという。

赤茶けた岩壁を背にした毘沙門堂を仰ぎみると、あながち眉唾《まゆつば》なはなしでもなさそうにおもえてくる。

松島沖の海上で、八郎兵衛は双胴の戎克《ジャンク》に火を付けた。

四角い帆はぼうぼうと燃え、船倉に積まれた阿片《アヘン》はことごとく灰になった。

陣五郎にとっては莫大《ばくだい》な損失だ。

阿片を焼くことで溜飲《りゅういん》を下げたものの、悪党どもはまだのうのうと生きている。地の涯《は》てまでも追いかけ、片を付けてやると胸に誓い、八郎兵衛は備えつけの小舟に乗って三陸海岸のどことも知らぬ漁村に流れついた。

あれから十日余り、暦は春雨が穀物を潤す穀雨《こくう》となり、陸奥にも確実に春が訪れている。

門前の枝垂《しだ》れ桜も、可憐《かれん》な蕾《つぼみ》をひらきかけていた。

ひょっとしたら、陣五郎に出くわすかもしれぬ。

一抹の期待を抱《いだ》いて訪れたが、盗人《ぬすっと》の影はない。

八郎兵衛は踵《きびす》を返し、西光寺の山門へ向かった。

連れのふたりは、ひとあしさきに平泉で待っているはずだ。

梅と南雲勘助は心身ともに傷ついた。ことに梅の負った傷は深く、とうぶんは癒《い》えそうにない。

「もし」

唐突に声を掛けられ、八郎兵衛は振りむいた。

白装束の老僧が四脚門のかたわらで、穏和な笑みを浮かべている。

西光寺の住職であろうか。

「なにか」

顎《あご》を突きだすと、老僧は雲上を滑るように近づいてきた。

「ふうむ、やはり……」

うなずきつつ、顔を曇らせる。

「……言おうか、言うまいか」

「迷うことはござらぬ」

「されば申しあげよう。顔に死相が浮かんでおる」

「わしの顔に」

「さよう、田名部《たなぶ》へまいる死人《しびと》のようじゃ」

「田名部とは」

「最北の涯て、三途《さんず》の川の手前にある町」

「三途の川を渡れば、恐山か」

「いかにも」

硫黄《いおう》の臭気漂《ただよ》い、地蔵菩薩《ぼさつ》と卒塔婆《そとば》が点々とする荒れ地。

かつて卒都浜の長治に聞かされた荒涼たる風景が、瞼《まぶた》の裏に浮かんでくる。

「つい先日、おなじように死相の浮かんだ者があらわれた」

「それはもしや」

「姓名は存じあげぬ。ただ、自身を毘沙門天の眷属と申しておった」

「百足の陣五郎か」

「やはり、お知りあいでござったか」

「ご住職、その男、何かことづけのようなものを」

「残していかれた」

「さようか」

「追うなと申された。詮無《せんな》きことはやめよ。みずからの心の闇《やみ》を追うようなものだとも申されてな」

「みずからの心の闇」

「人は誰しも心に闇を抱えておる。それを覗《のぞ》かぬように生きておる。あえて覗こうとするものは死に向かうしかない」

八郎兵衛は渋い顔になる。

「陣五郎がそのようなことを」

「いいえ、拙僧《せっそう》が解釈をくわえたまで。察するに、おふたりは修羅の道を歩んでこられた似た者同士にござる。貴殿が追いかけるのはおのが分身、みずからの心に抱く闇を斬《き》らんと欲するうちに、道の奥へ迷いこんだのじゃろう」

「道の奥」

「さよう。道の奥、すなわち陸奥の道程《みちのり》はこれよりさらに深まる。異境の様相を帯びてまいろう」

平泉から衣川を渡り、二《に》所《しょの》ノ関《せき》を越えて花巻、さらに盛岡から糠部《ぬかのぶ》郡（盛岡藩領北部）を突きぬけ、野辺地《のへじ》から下北半島を北へ進む。

「もはや、まちがいあるまい。貴殿の行きつくさきは、俗界と霊界の狭間《はざま》」

すなわち、恐山へ行きつくしかないと老僧は言いきった。

「陣五郎にもおなじことを」

「告げました」

「あやつ、なんと応じたのか」

「ふざけたことを抜かすな。そう申され、呵々《かか》と嗤《わら》っておられたわい。あの者は希代の盗人、黄金《くがね》の剣を求めてまいったのじゃ」

「黄金の剣」

五百年の長きにわたって毘沙門堂に祀《まつ》られていたが、約二百五十年前、豊臣軍による奥州征圧の混乱に乗じて何者かが盗んだ。

「爾来《じらい》、みつかっておりませぬ。ただし、陣五郎なる盗人がまことに求めておるのは黄金の剣にあらず、神剣にござろう」

「神剣、それは」

「密《ひそ》かに、天叢雲剣《あめのむらくものつるぎ》と呼ばれてござる」

「なに」

「つまりは三種の神器に列する宝剣。ご先祖の言い伝えによれば、坂上田村麻呂公が征東にあたり天帝を謀《たばか》って譲りうけ、この毘沙門堂に隠したものとされております」

すなわち、天叢雲剣を隠すために建立されたのが毘沙門堂なのだと、住職はおもいもよらぬことを言う。

「神剣は蝦夷に渡ったのではないのか」

「たしかに、蝦夷に渡った剣もあったとか。されど、まことの天叢雲剣は毘沙門堂に奉じられたのでござるよ」

「信じられぬ」

田村麻呂ともあろう者が桓武天皇と阿弖流為を謀り、我欲のために盗人と化したのか。

「天叢雲剣を有するものは天下を制す。ひょっとすると国をそっくり盗もうとなされたのかもしれませぬなあ」

「国を盗むとな」

「あはは、さように想像をめぐらせば、おもしろかろうというもの。藤原三代の栄華を築いた清衡《きよひら》公もかような夢を描いた者のおひとり、黄金の剣は平泉よりもたらされたものにござります」

清衡は権力の象徴である天叢雲剣を手に入れんと欲し、西光寺に途方もない黄金を寄進した。黄金とともにもたらされた剣が、刃《やいば》も柄《つか》もすべて純金でつくられた黄金の剣であったという。

「時の住職は説得に折れた。我欲のためではない。清衡公こそが神剣を有するにふさわしいお方とご判断申しあげたのでござる」

剣の交換がおこなわれたのだ。

「されば、天叢雲剣は平泉にあると」

「さて、今はどうか」

鎌倉幕府の手に渡ったとも、近隣の豪族に盗まれたともいわれ、行方は判然としない。

となれば、神剣に繋《つな》がる糸は切れたも同然だった。

「陣五郎なる盗人は手懸かりを摑《つか》んでおる様子じゃった。この毘沙門堂を訪れたのはあくまでも邪気を祓《はら》うため。黄金の剣がその役割を果たすと、おそらくは信じておったに相違ない」

「なぜ、邪気を祓わねばならぬ」

「神剣は一個人が身につけるものではござらぬ。欲したものは身を滅ぼす。不幸は累代におよぶ。盗人はそのことを懼《おそ》れ、邪気を祓おうとしたのでござろう。されど、毘沙門堂に黄金の剣はござりませなんだ」

そうなると、陣五郎は邪気を祓う手段を見失ったことになる。

「いいえ、ほかにも手段はござります。神剣を佩《は》き、最北の涯てにある霊山に詣ればよろしい」

「恐山か」

「いかにも。貴殿も三途の川を渡れば、神剣を目にする機会はおとずれましょう。あるいは、貴殿こそが選ばれしお方、神剣をあるべき所へ奪いかえしていただけるお方やもしれぬ」

「何だと」

八郎兵衛は口をへの字に曲げ、眸子《まなこ》を瞠《みは》った。

「まさしく、憤怒に駆られた毘沙門天じゃな。ぬふふ、お気になされますな。こればかりは神仏のみぞ知ること。さあ、お行きなされ。ともかくも平泉へ。日没までにはたどりつけるように……さもなくば」

「さもなくば」

「物の怪《け》に出くわすやもしれませぬ」

「ふん、まさか」

「戯《ざ》れ言ではござらぬぞ。中尊寺へ向かう参道は昼なお暗い月見坂。その急坂に弁慶の亡霊があらわれては、旅装束の善男善女を苦しめておるとか」

「くだらぬ。どうせ、夜盗のたぐいであろう」

「かもしれませぬ。なれど、平泉一帯はこのところ、ただならぬ邪気に包まれておりまする。心してお行きなさるがよろしかろう」

八郎兵衛はお辞儀をし、山門から遠ざかった。

空は霞《かすみ》がかったようで、栗駒山《くりこまやま》の聳《そび》える西の空だけが血の色に染まってみえた。

二

平泉とは名のとおり、平野に湧《わ》き水の出る地だ。

神聖なる大泉ケ池の畔《ほとり》に毛越寺《もうつうじ》を築いたのは、藤原氏二代基衡《もとひら》と三代秀衡《ひでひら》である。荘厳無比な寺院の周辺には四方数十町におよぶ町並みがひろがり、主君の居館である伽羅御所《きゃらのごしょ》や政庁の平泉館《ひらいずみのたち》などといった政治の中心もそばにあった。

五百有余の甍《いらか》を連ねた僧坊はしかし、大半が焼失して今はない。

八郎兵衛は栄華の残影を横目にしつつ、奥州路を北へ向かった。

毛越寺から中尊寺までは一里ほど。途中、半里ばかり進んで右手に曲がると、北上川を背に抱えた小高い丘へ行きつく。

丘の登攀《とうはん》口に一軒の粗末な水茶屋があった。

背の丸まった老婆《ろうば》の名はおくめ、たったひとりで店を仕切っている。

南雲によれば、水茶屋は柳生《やぎゅう》但馬守《たじまのかみ》が大目《おおめ》付《つけ》だった家光《いえみつ》の御代《みよ》から密偵の連絡を取るところとして維持されているらしい。おくめは大目付配下の草、とてもそうはみえないが、齢《よわい》はまだ五十の手前という。年寄りに化けたつもりが、年寄りになってしまったのだ。

おくめのもとに、南雲と梅は草鞋《わらじ》を脱いでいた。

「伊坂さま、こちらです」

店に客はおらず、奥のほうから南雲が顔を覗《のぞ》かせた。

「いかがでしたか、西光寺の毘沙門堂は」

「陣五郎が訪ねておったわ」

「ほ、勘が当たりましたね」

「狙《ねら》いは邪気を祓うためであったとか」

住職に告げられた内容を聞かせてやると、南雲は腕を組んで考えこんだ。

「黄金の剣か。中尊寺の金色堂でも探してみるかな。ま、無駄でしょうけど」

「なにせ古いはなしだ。どこまでが真実かわからぬ。毘沙門堂に黄金の剣が祀られておったかどうかもな」

「あったに相違ない。少なくとも、陣五郎はそう信じていた」

「まあな」

「恐山へ行かねばなりませぬな」

南雲に言われるまでもない。長治と幼いおはつがみた風景を、八郎兵衛は目に焼きつけたかった。

「回向《えこう》ですか」

「ああ。長治には世話になったし、おはつには迷惑を掛けた。それに、金の字から託された産着《むつき》の女と子供も回向してやらねばならぬ」

「陣五郎に出会《でくわ》したら、どうなされます」

「斬る」

「困りましたな」

「なぜ」

「陣五郎には縄を打たねばなりませぬ」

「唐丸駕籠《とうまるかご》で江戸へ連れていくのか。おぬしも悠長な男だな」

「これでも十手持ちですからね。陣五郎の口から悪事の全貌を吐かせてみせます」

「無駄なことはやめておけ」

と意見しつつも、八郎兵衛は南雲の清さを好もしいと感じた。

もうすぐ、日が暮れる。

夕陽《ゆうひ》の落ちるさきには、中尊寺を囲む翠《みどり》がこんもり繁っている。

『万葉集』にも「陸奥山《みちのくやま》に黄金花《くがね》咲く」と詠《よ》まれたとおり、奥州の山々はかつて金の宝庫であった。

約七百五十年前、藤原氏は平泉に黄金を集め、以後百年におよぶ栄華を築いた。

眩《まばゆ》いばかりの黄金に彩《いろど》られた廟《おたまや》、金色堂のある中尊寺を建立した初代清衡《きよひら》は、蝦夷の俘囚長として奥六郡（衣川以北の岩手六郡）を支配した安倍一族の末裔《まつえい》である。清衡は朝廷から陸奥国の軍事行政権を握る押領使《おうりようし》に任じられたが、みずからを「東夷の遠酋《えんしゆう》」と称し、独立独歩の気概をしめした。

勇者阿弖流為の面影が念頭にあったのだろう。

清衡が奥州の覇者となったのは、阿弖流為が処刑された二百八十年余りのちのことだ。

南雲は背後の丘陵を仰ぎ、一句口ずさんだ。

「夏草やつわものどもが夢のあと」

かつて丘陵の頂には、下々を睥睨《へいげい》するように高館《たかだち》が佇《たたず》んでいた。

清衡が中尊寺を建立した約百年後、都を逐《お》われた源義経は秀衡を頼って高館に匿《かくま》われた。自害して果てたのも、高館であったという。

義経が逃れてきた前年、六十九歳の西行《さいぎよう》法師は秀衡に東大寺大仏殿再興の勧進を促すべく、平泉を訪れた。西行を心の師と仰ぐ芭蕉《ばしよう》が平泉にやってきたのは、それから約五百年後のことだ。俳聖は高館のあった丘に悄然《しようぜん》と佇み、義経主従を偲《しの》びつつ「夏草や」と詠んだ。

「今から百五十年余りまえ、芭蕉翁はこれとおなじ風景を眺めていたのですね」

西行と義経が生きていた時代は芭蕉から遡《さかのぼ》ること約五百年前、坂上田村麻呂が蝦夷を隷属させたのは西行から遡ること約三百年前のはなしだ。

「悠久の時の流れを感じます」

南雲は目をほそめ、侘《わ》びしい夕景に浸っている。

梅はどうしているのか、八郎兵衛は気になった。

気になるといえば、おくめという女のこともそうだ。

「矢倉屋の先例もある。信じてよいのか」

「ご心配にはおよびませぬ。梅どのが幼きころより慕ってこられた方と聞きました」

「ほう」

ふたりは、ふっと口を噤《つぐ》んだ。

襖《ふすま》が音もなくひらき、おくめの皺《しわ》顔があらわれた。

「南雲さま、煎茶《せんちゃ》を淹《い》れてまいりました」

「かたじけない。おくめどの、こちらが伊坂八郎兵衛さまです」

「ようこそ、おいでくださりました」

おくめは畳に三つ指をつき、つっと顔をあげた。

「ご安心なされませ。梅は赤子のように眠っております。ただ、明朝一番に出立するというわけにはまいりませぬ」

尾関唯七の責め苦がいかに残忍なものか、八郎兵衛は実感できるだけに梅のことが心配だった。

「梅は、伊坂さまのことを恨《うら》んでおられます」

「拙者《せっしゃ》を、なぜ」

「八つ裂きにしても足りぬ尾関某《なにがし》を、あっさり斬り捨てておしまいになった。ほほ、そのことを恨んでおるのですよ」

「それだけの気概があればなにより。傷も癒えてきた証拠《あかし》だな」

「仰《おお》せのとおりにござります」

「ところで、中尊寺へ向かう月見坂に物の怪が出ると聞いたが」

「はい、おかげでこのとおり、水茶屋にも閑古鳥《かんこどり》が鳴いております。噂《うわさ》が立ちはじめたのは、ほんの十日ほどまえのことで。なんでも、物の怪は武蔵坊弁慶の風体を真似《まね》ておるとか。おそらく、狐狸《こり》のたぐいでありましょう」

「なればよいが」

「気になりますか」

「いささかな」

「されば、今から月見坂へまいられ、物の怪の正体をみきわめなされたがよかろう。うひひ」

おくめは気色《きしょく》悪く笑い、南雲は横を向いて黙っている。

「おくめどの、すまぬが瓢酒《ひさござけ》をくれ」

「やはり、まいられるのですね」

「ふむ」

八郎兵衛は国広を手に取り、のっそり立ちあがった。

三

杉木立のなかに拓《ひら》かれた月見坂は、勾配《こうばい》のきつい参道だった。

時折、木立の狭間から欠けた月が顔をみせ、あたりを蒼々《あおあお》と照らしだす。

そのたびに提灯《ちょうちん》持ちの南雲は身震いしたが、中尊寺へつづく参道は尋常ならざる妖気に包まれていた。

「おるな、そのさきを曲がったところだ」

「え」

「物の怪が臭気を放っておる」

南雲は及び腰のまま、鼻をくんくんさせた。

「何も臭《にお》いませぬが」

「いいや臭う。獣臭だ。やはり、物の怪の正体は狐狸のたぐいか」

群雲《むらくも》が月を隠した。

漆黒の闇に赤い光がふたつ、炯々《けいけい》と光っている。

「ぬわっ、でた」

南雲は提灯を揺らし、八郎兵衛の背後へ身を隠す。

雲が晴れた。

月影に照らされた物の怪は、丈七尺はあろうかという巨漢だ。

袈裟衣《けさごろも》に白頭巾《ずきん》、首には大数珠《じゅず》を掛け、身幅の広い薙刀《なぎなた》を握りしめていた。

「……べ、べべ、弁慶」

南雲の叫びに呼応し、物の怪は真っ赤な口を開いた。

声を出さずに嗤ったのだ。

八郎兵衛は冷静にみつめ、相手が生身の人であることを看破した。

「おい、でかぶつ。うぬの狙いはなんだ」

質《ただ》しても、こたえは返ってこない。

かといって身を寄せるでもなく、弁慶は仁王《におう》立ちしている。

「われらは中尊寺へ詣る。通してくれ」

へりくだって頼んでも返事はない。

「詮方無い」

八郎兵衛は身を沈め、しゃっと国広を抜きはなった。

「伊坂さま、だめです。おやめなされ」

うろたえた南雲が袖《そで》を摑《つか》んでくる。

「物の怪と勝負しても勝ち目はござらぬ」

「あれは物の怪ではない。そこにじっとしておれ」

八郎兵衛は南雲を振りはらい、じりっと間合いを詰めた。

弁慶は後ずさり、こちらがさらに迫ると、八つ手のような掌《て》をあげた。

「待て」

「ん」

「まいった。そこから一歩も近づくな」

「そうはいかぬ」

八郎兵衛は、大股で一歩近づいた。

「待てと申しておろうが。わしは参詣人を脅すように頼まれただけじゃ」

「おぬしは夜盗か」

「ちがう」

「誰に頼まれた」

「名は知らぬ。目も腕もひとつしかない男じゃ」

「葛巻伊織……またあいつか」

「ひとりにつき一朱、四人通さねば一分、十六人で一両になる」

「どうやって金を貰《もら》う」

「都度、やつがあらわれる。影のようにのう」

「影のように」

「あな怖ろしや。かの男こそが物の怪よ」

巨漢はぶるっと身震いする。

「おぬし、名は」

「多助《たすけ》」

「地《じ》の者か」

「石鳥谷《いしどりや》の百姓じゃ」

平泉から胆沢《いさわ》平野を突っきり、伊達と南部の国境へ向かう。相去《あいさり》、鬼柳《おにやなぎ》という二所ノ関を越え、南部家盛岡藩領にはいってから三番目の宿場が石鳥谷だ。盛岡城下までは六里強、酒造りで有名な南部杜氏《とうじ》の故郷でもある。

「わしは不器用な男でのう、杜氏になれずに故郷を捨てたのじゃ」

多助は薙刀を抛《ほう》り、白頭巾を脱いだ。

剃《そ》りあげた入道頭は淋《さみ》しげで、よくみれば気弱そうな眸子《まなこ》をしている。

「なあんだ、ただの木偶《でく》の坊《ぼう》か」

と、南雲が笑った。

「伊坂さま。この男、どういたします」

「どうもせぬさ」

「なにやら哀れです。水茶屋へ連れてまいりましょう」

「勝手にするがよい」

八郎兵衛は踵を返し、坂道を下りはじめた。

多助は南雲の背にしたがい、やたらに周囲を気にしている。

葛巻伊織の影に脅えているのだ。

たしかに、得体の知れない気配は消えずにある。

不吉な予感を抱きつつ、高館の築かれた丘陵へ戻ってきた。

妙なことに、水茶屋の灯《あか》りが消えている。

「勘助、抜かるな。なにやら血腥《ちなまぐさ》いぞ」

「うっ、ほんとうだ」

水茶屋へ近づくほど、異臭は耐えがたくなった。

南雲は十手ではなく、腰の大刀を抜きはなつ。

多助は巨体を縮め、南雲の背にくっついた。

「離れろ。莫迦《ばか》、離れろと申すに」

南雲が刀を振りあげると、多助は八郎兵衛のほうに身を寄せてきた。

間口を塞《ふさ》ぐ板戸は開いたままで、踏みこんでみると、土間は血の海と化している。

上がり框《かまち》に目を遣《や》り、八郎兵衛は顔をしかめた。

「ひえっ」

多助が耳もとで悲鳴をあげた。

南雲が駈けこんでくる。

「ん、あれは」

おくめの首が平皿に載せられ、上がり框に置いてあった。

首無し胴は、土間の隅に転がっている。

「梅どの、梅どの」

南雲は必死に叫び、上がり框に駈けあがった。

「うわああ」

多助は逆に、つんのめりながら外へ飛びだしていく。

刹那《せつな》、ぶんと刃風が唸《うな》った。

「ふぇっ」

多助の巨体がくずおれ、地に落ちた途端、首と胴が離れる。

口をゆがめた生首が、血を撒《ま》きちらしながら転がった。

「くそっ」

八郎兵衛は低い姿勢で駈けだす。

外へ躍りだすや、眩《まばゆ》い閃光《せんこう》に双眸《そうぼう》を射貫かれた。

「うぬっ」

黄金の刃が闇を裂き、横面を殺《そ》ぎにかかる。

抜き際の一撃で弾《はじ》き、八郎兵衛は火花を食った。

黄金の刃は闇に吸いこまれる。

大樹の陰から声が聞こえてきた。

「待っておったぞ、伊坂八郎兵衛」

「葛巻伊織か」

「ふふ、そんな名もあったな」

葛巻は木陰に隠れ、すがたをみせない。

重厚な声だけが、耳の底に響いてくる。

「弛くともよもやゆるさず縛り縄、不動の心あるにかぎらん……オン、ビシビシ、カラカラ、シバリ、ソワカ、オン、ビシビシ、カラカラ、シバリ、ソワカ……」

「うくっ、不動明王の咒《しゅ》か……み、右手のみでは印を結べぬはず」

「ぬふふ、印は心に結ぶもの」

いつのまに、修験道の奥義を身につけたというのか。

八郎兵衛は今や、からだの自由を奪われつつあった。

国広の切っ先を車《しゃ》に落とし、木陰をじっと睨《にら》みつける。

「……う、梅はどうした」

「生きておるわさ。簡単に死なせるわけにはいかぬ」

「事情を知ったのか」

「すべて知ったさ。葛巻伊織とは哀れな男よ。腐れ女に誑《たぶら》かされておったとはのう。なれど、怒りも恨みも感じぬ。もはや、そうしたものを超越してしまったようでな、奥州路を遡るにつれて人の感情が薄れてゆくのよ。喩《たと》えてみれば神の境地へ近づいていくようでのう」

「ふん、莫迦臭い」

「おぬしだけは別じゃ。こうして面と向かうと血が熱うなる」

木陰から、ゆらりと人影があらわれた。

「うっ」

おもわず、声が出た。

葛巻の風貌《ふうぼう》は激変している。あまりにもひどい。茫々《ぼうぼう》と逆立《さかだ》った真っ赤な髪、ぎらついたひとつ目に耳まで裂けた口、頬《ほお》の痩《こ》けおちた灰色の形相《ぎょうそう》はいっそう凄味《すごみ》を帯び、襤褸《ぼろ》を纏《まと》った死神がそこに立っているかのようだった。

「伊坂よ、これが何かわかるか」

葛巻は右手で黄金の太刀《たち》を振りあげた。

「もしや、それは」

「黄金の剣じゃ。金色の須弥壇《しゅみだん》をあばいたらば、清衡の木乃伊《ミイラ》が胸に抱いておったわい」

「それはちがう。西光寺に献じられた黄金の剣ではないぞ」

「かもしれぬ。なれどな、この剣には妖気が漂《ただよ》うておる。清衡の魂魄《こんぱく》が成仏させろと慟哭《どうこく》しておるのだ」

耳を澄ませば、風鳴りが次第に強くなってきた。

「動けぬか。ふふ、この場でおぬしを斬ってもよいが、楽しみはあとにとっておきたくなった」

「この機を逃すのか」

「せいぜい、わしの影に脅えるがよい」

「梅はどうする」

「はあて、俗界と霊界の狭間へでも連れてまいろうかのう」

「恐山か」

「どうかな。そのまえに百足を捕まえねばならぬ」

「陣五郎をか。おぬしがなぜ」

「天叢雲剣。わしもこの目で神剣を拝みたくなったのよ」

　葛巻はうそぶき、左目を光らせた。

「そうだ。ひとつ、おもしろいことを教えてやろう。女狐《めぎつね》に誑かされておったのは、わしひとりではない。伊坂八郎兵衛、おぬしも誑かされておる」

「何だと」

「これはすべて幕閣の重臣どもが企てた猿芝居、おぬしの役はさしずめ狂言まわしじゃ」

「どういうことだ」

「言うまい。ふっ、今宵《こよい》も命があったことを感謝いたせ」

「待て」

　呼びかけるや、葛巻伊織の気配は煙と消えた。

　術が解け、からだじゅうの毛穴から冷や汗が噴きだしてくる。

板戸の向こうを覗いてみると、南雲が金縛りの解けぬまま立ちすくんでいた。

四

北上川流域に拡がる胆沢扇状地は肥沃《ひよく》な土地で、坂上田村麻呂が城を築くまでは日高見国《ひたかみのくに》と称された蝦夷の拠点だった。

奥州路の宿場でいえば水沢、江刺、金ケ崎とつづき、やがて、盛岡藩との藩境にいたる。伊達と南部の両家を分かつ境界線は厳格に定められ、海岸沿いの釜石《かまいし》から内陸の駒ケ岳まで約三十五里にわたって蜒々《えんえん》と塚が築かれていた。

八郎兵衛と南雲は二所ノ関を越え、花巻、石鳥谷と道を稼ぎ、弥生《やよい》も二十日を過ぎたころ、盛岡城下へたどりついた。

「いよいよ、南部侍のお膝元《ひざもと》ですね」

南部氏は元来、十和田湖に近い三戸《さんのへ》辺りの豪族であった。鎌倉幕府初期からの地方領主で同じ土地に生き残っているのは、全国でも薩摩《さつま》の島津《しまづ》氏と南部氏だけだ。ゆえに、南部侍は強烈な矜持《きょうじ》を備えている。体面意識がことのほか強く、自分たちこそが陸奥の覇者であることを公言して憚《はばか》らない。それだけに、家来筋から独立を遂げた津軽家には積年の恨みを抱いていた。

三十余年前、南部家盛岡藩は蝦夷警備の功績を理由に、幕府に対して十万石から二十万石への高直しを認めさせた。一気の倍増は参勤交代などで余計な出費を生む原因となり、得なことは何ひとつない。藩財政は火の車、誰の目にもみずからの首を絞める要求にしか映らなかった。

それでもやる。

南部侍は実より名をとろうとする。

高直しを認めさせた理由はただ一点、津軽家弘前藩が同等の十万石だったからである。

さすがに体面を重んじるだけあって、流麗な石垣を有する盛岡城は陸奥随一の雄壮さを誇り、城下町はよく整備されていた。

雲ひとつない快晴ともなれば、北上川河岸から左手に南部片富士とも呼ぶ岩手山が遠望できる。右手には対をなすかのように姫神《ひめかみ》山が聳え、城下には北上川のほかに雫《しずく》石《いし》川と中津川が流れこんでいた。

海上輸送の起点となる盛岡には全国津々浦々から多くの商人《あきゆうど》が集まり、なかでも近江商人がめだつ。米、酒、醤油《しょうゆ》、干鰯《ほしか》、南部鉄器や桐簞笥《きりだんす》といった特産物から値の張る呉服まで、豊富な品々の輸送には北上川の舟運が利用された。数多《あまた》の荷船は牡鹿半島の付け根にある石巻《いしのまき》まで一気に南下し、石巻湊《みなと》で千石船に積みかえられ、江戸へ運ばれていく。

いにしえの都人に「不来方《こずかた》」と蔑《さげす》まれた盛岡も存外に近いと八郎兵衛は感じた。

南雲によれば、この地に遠山景元と親しい近江商人が住んでいるという。

「十和田屋《とわだや》庄三郎《しょうざぶろう》。信用のおける人物です」

還暦を過ぎているが頑健そのものらしい。情報通なので、陣五郎や梅の行方に繋がる手懸かりが得られるかもしれなかった。

南雲は過大な期待をかけたが、八郎兵衛の関心は別のところにある。

葛巻伊織の吐いた台詞《せりふ》が、耳から離れないのだ。

——これはすべて幕閣の重臣どもが企てた猿芝居、おぬしの役はさしずめ狂言まわしじゃ。

それが真実だとすれば、何のために陸奥までやってきたのかという根っこのところが揺らいでくる。

「弘前藩の連中が犯した悪事を暴《あば》くため」

と南雲に指摘されても、よそよそしいことばにしか聞こえない。

黒幕は弘前藩の江戸家老などでなく、大目付の跡部山城守ではないのか。

ひょっとしたら、北町奉行の遠山はすべてを知ったうえで陸奥行きを命じたのではあるまいか。

弘前藩の不正を証明することで、大目付の犯した何らかの罪を隠蔽《いんぺい》する。それが旅の目途《もくと》だとすれば、とんだ猿芝居につきあわされたことになる。跡部の実兄は老中首座の水野越前守忠邦だ。大御所の家斉が没するや、水野は即座に家斉派の側近勢力を一掃した。今や権力の中枢に鎮座し、天保の改革令布達にむけての準備をおこなっている真っ最中だった。

江戸町奉行は老中の直属である。いかに遠山でも、水野には逆らえない。逆らえば首が飛ぶ。保身に走り、隠蔽工作に協力したのではないかと勘ぐりたくもなってくる。

いったい、誰が味方で誰が敵なのか、八郎兵衛の頭は混乱しかけていた。

こうなると、南雲ですら信用できなくなってくる。

いっそ役目を投げだし、江戸へ戻るか。

そんなふうにも考えたが、江戸で誰かが待っているわけでもない。

京香は尼寺《あま》へはいった。

長治とおはつも、手の届かぬところへ逝《い》ってしまった。

どうせなら、恐山の土塊《つちくれ》になり、この世から消えるか。

八郎兵衛はなかば、自暴自棄になりかけてもいる。

ふたりは北上川に繋がった船橋を渡り、中津川に架かる上の橋へむかった。

盛岡城は左手の川向こうにあり、青銅の擬宝珠《ぎぼし》で飾られた上の橋を渡ると、城の北へ出る。

十和田屋は、歴代藩主の菩提寺《ぼだいじ》聖壽寺を中心に栄える寺町にあった。

主人の庄三郎は狸《たぬき》顔の好々爺《こうこうや》で、南雲のことを懐かしげに迎えいれた。

「三年ぶりですか。ご立派になられましたなあ」

挨拶《あいさつ》をしながらも、てきぱきと手代に指示を出す。

足を濯《すす》ぐ盥《たらい》を用意させるや、小女《こおんな》を呼びつけ、足を揉《も》ませているあいだに茶の仕度を整えさせと、まことに忙《せわ》しない。

足を濯ぎ、身も心もさっぱりしたところで、ふたりは奥座敷へ招じられた。

絹の着物を羽織った庄三郎は下座に控え、すっと畳に手をついてみせる。

「ようこそ、おいでくだされました」

「こちらこそ、突然の来訪をお許しくだされ」

「遠山さまもご出世なされてなによりですな」

恰幅《かっぷく》の良い主人は、ぱんぱんと手を打つ。

ほどもなく、丁稚《でっち》が湯気の立った煎茶を運んできた。

「茶葉は宇治よりはこばせた逸品、湯は南部釜《がま》にて沸かした湯にござります。お疲れの心も和《なご》みましょう。さ、どうぞお熱いうちに。名物の石割桜《いしわりざくら》も満開ということもあり、大路は見物客で溢《あふ》れてございます。寺町の一帯もなにやらいつもより騒がしい。

やれやれと溜息《ためいき》を吐《つ》いておったところへ、懐かしいお顔がおみえになった」

庄三郎は立て板に水のごとく喋《しゃべ》り、ぎろりと八郎兵衛を睨んだ。

ただ者ではないと直感したところへ、南雲の焦った声がかぶさった。

「ご紹介が遅れました。こちらは伊坂八郎兵衛さまでございます」

「ご無礼ながら、お役人にはみえませぬな」

「なんとご説明したらよいか。遠山さまのご信頼も篤《あつ》く、こたびのお役目には欠かすことのできぬお方です」

「こたびのお役目とは」

「詳しくは申せませぬ」

南雲がきっと口を結ぶと、庄三郎は納得顔でうなずいた。

「手前としたことが、詮無いことをお訊きしました。なれど、この十和田屋をお訪ねいただいたということは、何かお困りの事態でも生じたのではござらぬか」

「さすがですね」

「やはり」

「筋道を立ててご説明いたしましょう」

探索の狙いが弘前藩にあることだけは伏せ、南雲はこれまでの経緯《いきさつ》をかいつまんで説明した。

庄三郎は相槌《あいづち》も打たず、黙然と耳をかたむけつづける。

中庭の松の梢《こずえ》に止まった頬白《ほおじろ》が啼《な》いた。

瞑《つむ》った眸子を開けると、庄三郎のぎょろ目とかちあった。

「むはは、なるほど、じつにおもしろいはなしだ」

賊を束ねる首魁《しゅかい》のように、肥えた商人は豪快に嗤う。

「何がおもしろいのかと申しますれば、平泉の清衡公が天叢雲剣を求めるべく、西光寺に黄金の剣を献上したという件《くだり》にござります。南雲さま、よろしいかな。黄金の剣は五百年ものあいだ毘沙門堂に祀られておったが、豊臣軍による奥州討伐の混乱に乗じて何者かが盗んだ。そう、仰せになりましたな」

「はい」

「奥州討伐の混乱と申しますのは、福岡を拠点とした九戸《くのへ》政実《まさざね》の叛乱《はんらん》にござりましょう」

「はあ、なるほど」

九戸政実は南部一族のなかでもとびきり反骨魂の旺盛な人物で、秀吉を悩ませた地方の叛乱としては最大のものだった。

「それが黄金の剣と、どう関わってくるのです」

「馬仙峡《ばせんきょう》はご存じかな」

「盛岡から約二十里、浪打峠《なみうちとうげ》を越えたところにある景勝地ですね」

「さよう、今時分は山里一面に桜桃《おうとう》の白い花が咲きみだれておりましょう」

「そこが」

「はい、じつはそのむかし、馬仙峡に鋳物師《いもじ》の村がござった。清衡公が近江国より招いた鋳物師の末裔なのですが、そこに黄金の剣にまつわる伝承がひとつござります」

西光寺の毘沙門堂より盗まれた宝剣はその村へ持ちこまれ、鋳物師たちの手で溶かされ、純金の延べ棒に変えられた。盗人たちは斬り殺され、延べ棒は村の庇護《ひご》者であった九戸政実に献上された。ほかにも平泉からは夥《おびただ》しい黄金の盗品が持ちこまれ、鋳物師はことごとく溶かして貢いだ。そのおかげで、政実は武器を豊富に調達できたというのだ。

政実は小田原攻めに参加せず、秀吉に奥州仕置として処分されたことへの憤懣《ふんまん》を爆発させた。九戸勢が購入したのは、明《ミン》国から大量に横流しされた武器だった。仲立ちは倭寇《わこう》である。武器のなかには両手両足で操る「蹶張《けっちょう》の弩《おおゆみ》」といった強力な飛び道具もふくまれており、豊臣秀次《ひでつぐ》を総大将とする討伐軍は手を焼かされたらしい。

要するに、黄金の剣は溶けてなくなったのだ。

不満顔の八郎兵衛に、庄三郎はにっと笑いかけた。

「このはなしには、つづきがございます。鋳物師の一部は討伐軍の首狩りを避け、奥《お》入瀬《いらせ》の渓谷から十和田湖畔へ逃げのびました。そのとき、黄金の剣ではなく、一本の神剣を携えて逃げたという伝承がございます」

「ほう」

南雲ばかりか、八郎兵衛までが身を乗りだした。

「それが天叢雲剣かどうかは判然といたしませぬが、数多の盗品とともに平泉よりもたらされた剣であることはまちがいない」

「なるほど。で、その神剣は今どこに」

「霊湖崇拝の象徴として、青竜大権現のお社《やしろ》に奉じられたやに聞いておりますが。無論、このはなしは秘中の秘、知るものはごく少ない」

八郎兵衛には、陣五郎の足跡がはっきりとみえてきた。

梅の身を奪った葛巻伊織も、神剣の在処《ありか》を追っている。

「向かうべきは十和田湖か」

南雲勘助がつぶやいた。

湖への入口となる藤島宿までは三十里強、途中には浪打峠や高山峠などの難所も控えている。

「南部馬をご用意いたしましょう」

庄三郎は、ぽんと胸を叩《たた》いた。

五

古来より、陸奥国は貢馬貢金《くめくきん》の国と呼ばれてきた。なかでも、盛岡藩領北部の糠部郡《ぬかのぶぐん》は良馬の産地として知られ、糠部駿《しゅんめ》馬こそが走力に長《た》けた南部馬の代名詞であった。

旗本から選りすぐられた公儀の御馬買人が、年に一度はこの地へやってくる。

そもそも、戸《へ》のつく地名からして、馬牧の編制に基づく区画割りの名残《なごり》だった。広大な糠部郡を東西南北の四門に分け、各々《おのおの》の門に一戸《いちのへ》から九戸《くのへ》の馬牧を配置する。それが九戸四門の制という南部氏独自の統治制度だ。

奥州道中の宿場町に残る地名は一戸、三戸、五戸、七戸の四つ、街道の随所には馬を祀る蒼前社《そうぜんしゃ》があり、馬頭観音をあしらった道祖神なども点々としている。

八郎兵衛と南雲は馬を走らせ、道幅三間《けん》の往還を五戸のさきの藤島まで一気に駈けぬけた。

「粗食に耐えてひた走る。さすがは糠部の駿馬ですね」

「ふむ、ようはたらいてくれたわ」

藤島からは七戸を経て恐山への起点となる野辺地まで、もはや十里弱の道程でしかない。

「ずいぶん遠くまでやってきたものです」

南雲は感慨に耽《ふけ》った。

馬を捨て、その夜は藤島宿の旅籠《はたご》に草鞋を脱いだ。

翌早朝、ふたりは宿を発《た》ち、勇躍、奥入瀬川の渓流を遡《さかのぼ》った。

渓流の水は冷たい。陽が落ちれば寒さに震えてしまうだろう。

十和田湖は八甲田《はっこうだ》連峰の南にできた湖だ。湖を水源とする奥入瀬川は奥州路を横切り、東へ流れて太平洋へと注ぐ。

川の周辺部を除けば火山灰の堆積する不毛の台地で、索漠とした景観は北の涯ての恐山までつづいていた。

奥入瀬川の焼山《やけやま》から子ノ口《ねのくち》までは四里弱、ふたりは大小の滝を抱えた渓谷を苦労して渡り、八つ刻には湖を指呼《しこ》においた。

ほどなくして、顎をあげていた南雲の顔がぱっと明るくなった。

山毛欅《ぶな》の原生林に囲まれた蒼い湖が、目に飛びこんできたのだ。

「絶景ですね」

「ふむ」

八郎兵衛はことばを失い、底深い湖へ吸いこまれそうになった。

青竜神が棲《す》んでいると囁《ささや》かれても、うなずいてしまうにちがいない。

十和田屋庄三郎に告げられた神社は、広大な湖の南寄りにあった。

なんと、そこは日本武尊《ヤマトタケルノミコト》を祀った神社にほかならない。

南雲は眸子を輝かせた。

「天叢雲剣が奉じられるには、またとない聖域ですね」

まさしく、そのとおりだ。

「伊坂さま、わからぬことがひとつあります」

「なんだ」

「陣五郎は神剣を手に入れ、どうするつもりなのでしょう」

「さあ、拝んでみたいだけかもしれぬ。わしとてそうだからな」

「盗人の陣五郎にとって、神の御剣が何の役に立ちますか。それこそ、宝の持ち腐れにござりましょう」

「おぬし、何が言いたい」

「売り渡す腹ではないでしょうか。法外の代価を払うことのできる誰かに。ひょっとすると、それは国かもしれません」

「国」

「たとえば清国、あるいは英国《エゲレス》」

「莫迦《あざけ》らしい」

嘲《あざけ》りつつも、八郎兵衛には否定しきれぬところがあった。

天下を統《す》べる者の権威をしめす三種の神器、そのひとつである宝剣ならば、喉《のど》から手が出るほど欲しがる国もあろう。

なにせ、江戸幕府は開闢《かいびゃく》から二百三十年余り、諸外国との門戸を頑《かたく》なに閉じたままでいる。鉄の門戸をこじ開けることができれば、商売に長《た》けた連中は大儲《おおもう》けすることができる。

天叢雲剣は、この国を鎖国から解きはなつ切り札ともなりかねなかった。

宝剣を返還するかわりに鎖国を解けと迫られたら、幕府は呑《の》まざるを得まい。

しかし、それほど大きな構想を、馬方あがりの盗人が考えつくものだろうか。

あれこれおもいめぐらしながら、八郎兵衛は拝殿の敷居をまたいだ。

「たのもう、誰かおらぬか」

不躾《ぶしつけ》に言いはなつと、灯明《とうみょう》の灯《とも》された奥のほうから、能面のように無表情な禰宜《ねぎ》があらわれた。

「ご参拝ですか」

「ちと教えてほしい」

「何なりと」

「こちらに神剣が奉じられていると聞いてきたのだが」

単刀直入に質しても、禰宜は眉ひとつ動かさない。

「どちらから、まいられた」

「江戸だが」

「あなたさまも」

「ほかに誰か訪ねてまいったのか」

「昨日、おなごを連れた隻眼《せきがん》隻腕の侍がまいられ、神剣のことを質されました」

「それで」

「早々にお引きとり願いましたよ。なにせ、この社《やしろ》に神剣が奉じられておったのは遥《はる》かいにしえのことにござる。しかも、それは天叢雲剣にあらず、青銅の七支刀《しちしとう》にござりました」

七支刀といえば、およそ一千四百年ものむかしに百済国《くだら》から天皇家へ献上された銀製の「六叉《ろくさ》の鉾《ほこ》」が頭に浮かぶ。

だが、十和田神社に奉じられていた七支刀はちがう。

霊湖に宿る青竜大権現がすがたを変えた剣であった。

「七支刀も今はない。罪深い者に盗まれたやに聞いております」

「やはり、そうであったか」

いかに日本武尊を祀った社でも、宝剣がここにあろうはずはない。御所の賢所《かしこどころ》か、さもなくば伊勢《いせ》神宮に奉祀されているはずだと、禰宜は至極当然のことを述べる。

「そもそも、御剣は八岐大蛇の尾を裂いて取りだされた代物《しろもの》。大蛇はすがたをあらわすたびに、天空へ群雲を湧きたたせた。それがゆえに、御剣は天叢雲剣と命名されたのだとか。伝承によれば、七支刀が盗まれた際も天候は急変し、翳《かげ》った湖面全体に弾丸のような雨が叩きつけたやに聞きました。どちらにいたしましても、十和田湖の青竜大権現さまと八岐大蛇をいっしょにされては困ります」

「ふうむ」

八郎兵衛は溜息を吐き、背後に控える南雲に助け船を求めた。

南雲は首を振る。

これ以上、禰宜を追及しても仕方あるまい。

ふたりは社を出て、今来た道を戻りはじめた。

湖面は漣《さざなみ》立ち、きらきらと光を反射させている。

「伊坂さま、あの禰宜、なにやら胡散《うさん》臭いですね」

「偽者であろう」

「え、わかっておるのに、どうして放っておかれるのです」

「どうせ、向こうから仕掛けてくる」

「向こうとは、弘前藩の連中でしょうか」

「さあな」

江戸家老高山右膳の懐刀、横目付支配の鎧崎桂馬が網を張っているのではないかと、南雲は押し推量してみせる。

「きっとそうです。南部領内にあっても、この十和田湖周辺は藩役人の目が届かぬところにある。誰に気兼ねすることなく、狩りができるというもの」

「狩られるのは、わしらか」

「はい。敵はわれらの一手先を読み、手ぐすねを引いて待ちかまえていた。悪事を隠蔽せんがために、邪魔者はことごとく消す腹なのだ。くそっ」

ことさら激昂《げっこう》してみせる南雲の態度が、どことなく白々しく映った。

やはり、この男も悪党の意のままに操られた駒のひとつなのだろうか。

不審を抱きながらも、霊湖を背にして渓谷の隘路《あいろ》へ向かった。

一転、空は掻《か》き曇り、大粒の雨が降りそそいでくる。

黒い湖面は弾丸のような雨に叩きつけられていた。

六

奥入瀬渓谷は激しい雨に打たれ、九十九折《つづらお》りの隘路は泥濘《ぬかるみ》と化している。
左手は峻崖《しゅんがい》、雨は滝となり、右手の奈落《ならく》へ流れおちていく。
足を滑らせたら最後、命の保証はない。
「たまりません。社へ戻りましょう」
南雲はずぶ濡れで喘《あえ》いだ。
髷《まげ》を月代《さかやき》にぺったり貼《は》りつけ、情けない面《つら》をする。
社になど舞い戻る気はない。戻っても歓迎されないことはわかっていた。
隘路は見通しが利《き》かぬうえに、曲がりくねっている。
随所に本物の滝があり、飛沫《しぶき》に横面を叩かれた。
瀑布《ばくふ》の落下音は、一瞬にしてすべてを消しさる。
注意を逸《そ》らした途端、予期せぬ方向から矢箭《やせん》の束が飛んできた。
「伏せろ」
泥道に伏せてどうにか避けたが、立ちあがることもままならない。
――びしゅっ、びしゅっ。

矢音はとどまることを知らず、矢箭は頭上の岩壁に当たって弾けとんだ。

「勘助、ここにおれ」

八郎兵衛は這《は》いつくばり、芋虫《いもむし》のように進んだ。

右手下方をみやれば、崖っぷちに白鉢巻きの侍どもが片膝を折敷《おりし》いて並んでいる。

二十数名からなる弓隊であった。

ほかにも槍《やり》を提げた者や抜刀隊らしき一団が蠢《うごめ》いている。よく訓練された連中のようだ。

「山狩りでもやる気か」

八郎兵衛が吐きすてるや、大将らしき者の号令が響いた。

「放て……っ」

風切音とともに、矢箭の束が飛んでくる。

大将は堂々とした体軀《たいく》に緋色《ひいろ》の陣羽織を纏っていた。

塗りの陣笠のしたで、赤い双眸を炯々とさせている。

「あの男」

背恰好《かっこう》にみおぼえがあった。

美倉橋で対峙《たいじ》した男にまちがいない。

「鎧崎桂馬では」

南雲の言うとおり、江戸に居るはずの男が南部家領内まで追ってきたのだ。

「ん」

八郎兵衛は、妙な光景に目を吸いよせられた。

弓隊が雨中に旗幟《きし》を掲げている。

白地に黒く染めぬかれた家紋は、南部家から北端の梟雄《きようゆう》と疎《うと》んじられた津軽家の杏葉牡丹《ぎようようぼたん》でも卍《まんじ》でもない。

「胸に九曜《くよう》紋の向かい鶴」

あきらかに、南部家の家紋なのだ。

弘前藩の横目付を差配する鎧崎桂馬が、犬猿の仲とされる南部の藩士たちを統率している。常識ではあり得ないはなしだった。

そうこうしていると、曲がり角の向こうから喊声《かんせい》が迫った。

「ふわああ」

泥跳ねを飛ばし、抜刀隊が駆けのぼってきた。

南部侍は命知らず、勝てぬとわかれば相討ちを狙ってくる。

八郎兵衛は抜刀するや、飛来する矢箭を払いのけた。

「けえ……っ」

気合いを発し、低い姿勢で隘路を駆けぬける。

前歯を剝《む》いて威嚇《いかく》しても、鬼の形相で迫りくる連中は怯《ひる》まない。

ただし、抜刀隊は横列に広がることができなかった。

常に一対一の勝負になる。

八郎兵衛の優位は動かない。

数珠繫ぎに並んだ連中を斬っては蹴《け》り、蹴りおとしては斬り、十余名ほど斬ったところで足を止めた。

剽悍《ひょうかん》を誇る南部侍たちも及び腰になり、さすがに無理な攻撃は仕掛けてこない。

全身に返り血を浴びた仁王のごとき男が、眼前に立ちふさがっているのだ。

刃を交えれば確実に殺される。地獄の獄卒に立ちむかうようなものだ。

それと気づいた南部侍の眸子に、脅《おび》えが宿った。

「うわっ」

しんがりのひとりが尻をみせるや、残った連中は雪崩《なだ》れを打って逃げだす。

八郎兵衛は追おうとせず、後ずさりしはじめた。

「待てい」

野太い声が掛かった。

逃げもどった連中に代わり、鎧崎桂馬が隘路を駆けあがってくる。

八郎兵衛は弓隊に睨みを利かせつつ、相手との間合いをはかった。

「串刺《くし》しにしてやる」

鎧崎は陣羽織を脱ぎすて、四尺を優に超える戦場刀を引きぬいた。

八郎兵衛は樋《ひ》に溜《た》まった雨滴を切り、黒鞘《くろざや》のなかに愛刀を納める。

「猪口才《ちょこざい》な」

鎧崎は陣笠をはぐりとり、ついに醜悪な顔をさらけだした。

庇《ひさし》になった額の奥に赤い双眸が光り、鼻も口も曲がっている。

肌は火山台地のような灰色、表面はでこぼこしていた。

「死ね」

撃尺の間合いを踏みこえ、巨体が突きかかってきた。

あまりの迫力に圧倒され、八郎兵衛は抜刀の機を逃す。

「待て」

「問答無用じゃ」

「くっ」

二段、三段と、鋭い突きに襲われた。

おもわず、八郎兵衛は足を滑らせる。

「ぬわっ」

尻餅《しりもち》をついた。

谷底へ落ちる寸前で踏みとどまり、国広を抜きはなつ。

「ふん」

鎧崎の臑《すね》を狙ったが、白刃は空を斬った。

「残念だったな」

厚重ねの戦場刀が、真っ向から脳天に振りおろされる。

まさしく、八郎兵衛の得意とする豪撃《こわうち》だった。

「ぬうっ」

咄嗟《とっさ》に起《た》ちあがり、鼻先で一撃を食いとめる。

十字に交わった刃と刃が、火花を散らして押しあった。

「死ぬがいい」

「なんのこれしき」

双方ともに一歩も退かない。

膂力《りょりょく》は五分と五分、技倆《ぎりょう》も伯仲《はくちゅう》していた。

「死ね」

覆いかぶさるように体重をかけられ、徐々に八郎兵衛は押しこまれた。

「伊坂さま、大丈夫ですか」

南雲の惚《ほう》けた声が掛かる。

一瞬の間隙《かんげき》を衝《つ》き、八郎兵衛は片膝を折敷いた。

「ぬ」

相手の懐中へもぐりこみ、柄頭《つかがしら》を振りあげる。

——がつ。

鈍い音が響き、鎧崎の顎が割れた。

秘技、柄砕《つかくだ》きだ。

「くおっ」

鎧崎は仰《の》けぞり、どしゃっと背中から泥水に落ちた。

とどめを刺すべく身を寄せるや、怪物はのっそり起きあがってくる。

「まだまだじゃ」

割れた顎から血を垂らし、鎧崎は不敵にも笑った。

八郎兵衛は背後に叫びかける。

「勘助、社へ向かって走れ」

「はい」

南雲は尻をみせ、脱兎《だっと》のごとく駈けだした。

「莫迦め。社に戻っても逃げ場はないぞ、くはっ」

鎧崎は嗤いかけ、ぐらりとよろめく。

自分でも気づかぬうちに、脳震盪《のうしんとう》を起こしていたのだ。

――びしゅっ。

ふたたび、矢箭が束となって飛んできた。

とどめを刺すのをあきらめ、ここは踵を返すしかない。

八郎兵衛は雨に打たれながら、後ろもみずに駆けつづけた。

七

奥入瀬渓谷から藤島宿にいたる経路、および社をふくむ十和田湖周辺の逃走路は、南部の捕り方によって完全に固められていた。

八郎兵衛と南雲は社へは戻らず、かといって十重二十重《とえはたえ》に築かれた捕獲網を突破しようとも考えずに、渓谷の途中から獣道へ逃れた。八甲田連峰の主峰大岳《おおだけ》の西へ迂回《うかい》し、濃密な椴松《とどまつ》の樹林を突っきって青森へ抜けたのだ。

もちろん、一日で踏破できる経路ではなかった。

八甲田山の峰々には雪が残り、夜は凍死する危うさと隣りあわせだった。

途中、大岳の中腹にある酸ケ湯《すかゆ》温泉で白濁湯に浸《つ》かり、丸二日のあいだ天候の回復を待った。三日目の早朝になってようやく快晴となり、温泉郷から二刻ほど山道を登って上毛《かみけ》無岱《なしたい》へたどりついた。そこから田茂萢《たもやち》湿原をめざし、寒水沢に沿ってひたすら樹林のなかを駈けおりた。

気づいてみれば、それが「善知鳥《うとう》」への近道であった。

葦《あし》の繁る善知鳥という漁村は、今はもうない。二百年以上前、弘前藩津軽家二代藩主のときに青森湊が築かれ、周辺の小さな漁村はすべて淘汰《とうた》されてしまった。今は神社にその名を残すのみだ。

ただし、地の漁師たちは愛着を込めて「善知鳥」という地名を口にする。

長治もそうであった。

江戸での成功を夢見ながら、並々ならぬ覚悟をもって故郷を離れたにちがいない。

青森湊は青森湾に面する外ケ浜のなかで、唯一、幕府から荷商いを許されている。

出荷の中心は米だ。津軽は南部の糠部郡などとは異なり、土地が肥えている。弘前藩の表高は十万石だが、実質は四十万石とも五十万石ともいわれていた。

けっして、大袈裟《おおげさ》なはなしではない。

城下には廻船問屋の集まる浜町がある。浜町の廻船問屋だけでも、一年に取りあつかう御印津出米《ごいんつだしまい》（藩の認可を得た売米）は五万石にのぼった。

南雲はまっすぐ浜町へ行き、屋根看板に『大浦屋《おおうらや》』とある廻船問屋を訪ねた。

どうやら、青森にも遠山景元の手足となってはたらく商人がいるらしい。

「主人の名は二十三《はたぞう》。四十を超えたばかりの男ですが、廻船問屋仲間の三役をつとめております。酒席で小耳に挟んだのですが、以前はかなりの悪党だったらしく、盗人仲間を売って遠山さまに温情を掛けられ、まっとうな商人になったのだとか」

「ほう」

大浦屋二十三のもとへ、遠山から何らかの指示が届いているはずだと、南雲は囁いた。

八甲田山の尾根にひろがる樹林を越えてきただけあって、ふたりの扮装《いでたち》はくたびれている。無精髭《ぶしょうひげ》を茫々《ぼうぼう》と生やした八郎兵衛は、みるからにむさくるしい。一方、いつもはこざっぱりとした風体の南雲も月代が中途半端に伸び、手甲脚絆《てっこうきゃはん》は泥だらけだった。

風体など構わずに敷居をまたぎ、手代に当たり障りのない来意を告げると、主人の二十三は寄りあいで夕暮れまで戻らないという。

手代は眉をひそめたが、待たせてもらうことにして草鞋を脱いだ。

日没までには、まだ半刻《はんとき》ほどある。

ふたりは奥座敷に腰を据《す》え、丁稚小僧がはこんできてくれた昆布茶を啜《すす》った。

「伊坂さま、これからどういたします」

「どうするとは」

「陣五郎を追うのですか」

「追わずにどうする。おぬし、やめたいのか」

「い、いいえ」

「鎧崎桂馬なる化け物とも決着をつけ、弘前藩の悪事を暴かねばなるまい。それがおぬしの役目であろうが」

「はあ」

「まだあるぞ。葛巻伊織から梅を奪いかえさねばなるまい」

梅は大目付の間者だ。敵かもしれぬが、救ってやりたい気持ちはある。

「勘助、わしらは何ひとつ役目を果たしておらぬではないか」

殊勝な台詞を吐きつつも、八郎兵衛はまったく別のことを考えていた。

鎧崎桂馬は、奥入瀬渓谷で南部の侍たちを指揮していた。

なぜ、そのようなことができたのか。素姓そのものに疑念が湧いてくる。

鎧崎も大目付の指図で動いているのではないかと、八郎兵衛は勘ぐった。

津軽家の江戸家老に尻尾《しっぽ》を振ってみせながら、その実、大目付の密偵なのではあるまいか。

なるほど、大目付の要請であれば、南部家も藩士を貸せぬとは言えまい。

辻褄《つじつま》は合う。

が、あきらかに、鎧崎はこちらの命をとりにきた。

そこがわからぬ。

大目付の狙いは津軽家の重臣が画策する悪事を暴くことだ。そのことが自分たちの企ての隠蔽に繋がるとすれば、八郎兵衛たちは当面のあいだ泳がされて然《しか》るべきではないか。

現時点で駒を捨てるという判断は納得できない。

それとも、跡部山城守や水野越前守に疑いを抱くこと自体、まちがっているのだろうか。

堂々巡りの疑念が浮かんでは消え、八郎兵衛の頭は混乱しかけていた。

やがて日没となり、江戸小紋を纏った四十男が奥座敷へ顔をみせた。

「ようこそおいでくださりました。手前が大浦屋二十三にござります。南雲さまとは江戸で二度ほどお目に掛かりましたな」

「ええ、御役宅のほうで」

「さよう、そのときはまだ、遠山さまは御勘定奉行であられた」

「さっそくですが、江戸からは何か」

「ござります」

「やはり」

「はっきり申しあげましょう。お役目を解かれるとの仰せです」

「え」

「お疑いのようなら、ここに文が」

二十三は漆《うるし》塗りの文筥《ふばこ》をうやうやしくひらき、奉書紙を取りだす。

南雲は一礼して奉書紙を受けとり、さっと目を通した。

「たしかに、お奉行さまのご筆跡です」

文面には「以後の探索におよばず」と明記されており、八郎兵衛も自分の目でたしかめた。

「事情が変わったのさ」

二十三は盗人の地を出して乱暴に吐きすて、朱羅宇《しゅラウ》の煙管《キセル》を喫《す》いはじめた。

たかが同心風情と野良犬一匹、へりくだる必要もないとおもったのだろう。

南雲は煙たそうに手を払ったが、二十三の横柄な態度にも怒りは感じていないようだ。

「南雲さん、そこには書いてねえがな、津軽家の江戸家老が頓死《とんし》したのさ」

「えっ」

黒幕のひとりと目された高山右膳が死んだと聞き、南雲は口から心ノ臓が飛びだすほど驚いた。

「死因はわからねえ。なにせ、遠い江戸のはなしだからな。へへ、驚くのはまだ早《はえ》ぜ。五日前、船手奉行の松浪左近も変死を遂げた」

　善知鳥神社の鳥居にもたれて死んでいるところを、神主がみつけたのだという。

「眉間《みけん》に五寸釘《くぎ》が打ちこまれていた。こいつは恨みだ。殺《や》ったのはたぶん、百足の陣五郎だろう」

「何だと」

「陣五郎は津軽家の重臣どもに顎でこきつかわれた。その割りには実入りが少なかったのさ。そのせいで恨みを募らせたのか、それとも、ほかに殺らなきゃならねえ理由《わけ》でもあったのか、はっきりとはわからねえ。ともかく、陣五郎のせいで何もかもが水の泡になった。悪事の鍵を握る津軽家の連中が死んじまったんじゃ、これ以上探索をつづけても仕方ねえ」

　二十三の言うとおりだ。

　南雲は声もなくうなだれる。

　船手奉行の松浪が殺されたのは、十和田湖を訪れる直前のはなしだった。

　なるほどと、八郎兵衛は膝を打った。

　これで、鎧崎に命を狙われた説明もつく。

　二十三の台詞にあった「何もかもが水の泡になった」というのは、高山右膳と松浪左近の死によって大目付の企てが狂ったことを意味する。と同時に、弘前藩津軽家の探索を命じられた八郎兵衛たちの存在理由もなくなったのだ。

「残念だが、そういうことだ。浅虫《あさむし》の湯にでも浸かって、のんびり江戸へ帰《け》えるといい」

「そうはいかぬ」

八郎兵衛が口を挟んだ。

膝を繰りだし、目にも止まらぬ捷《はや》さで国広を抜く。

「うっ」

二十三が煙管を畳に落とした。

右の頬には、国広の先端が一寸ほど刺さっている。

血の滲《にじ》んだ傷口からは、紫煙が漏れていた。

「……な、何しやがる」

二十三は目を剝いた。

「騒ぐな、傷口がひろがるぞ。まことの黒幕は誰だ」

「……し、知らねえよ」

「おぬしはさっき、何もかもが水の泡になったと吐いたな。説いてもらおう、そいつはどういうことだ」

「おれは知らねえ。この一件にゃ裏があるとおもっただけさ。裏の中身は知らねえ。ほんとうだ、信じてくれ」

八郎兵衛は、すっと国広を引きぬく。

血が噴きだし、二十三は畳に両手をついた。

「くそったれ」

手拭《てぬぐ》いを頬に当てても、血は止まらない。

畳には小さな血だまりができた。

南雲は隣で顎を震わせている。

怒りとも口惜《くちお》しさともつかぬ感情が窺《うかが》えた。

この男だけは、何ひとつ知らされていなかったらしい。

八郎兵衛は怒りを抑え、静かに語りだす。

「高山右膳に松浪左近、この両名は誰かにそそのかされ、自藩を食い物にしていたのかもしれぬ。真の黒幕は大目付の跡部山城守だ。老中の水野越前守が裏で糸を引いているのかもしれぬ。陣五郎はそれに気づいた。気づいた以上、消されるにちがいないと察したのだ」

鎧崎に命を狙われたにちがいない。

ところが逃げもせず、反撃に転じた。

「なぜだとおもう。神剣伝説を信じていたからさ。天叢雲剣さえ手に入れれば、この世に恐《こわ》いものなどない。あやつはそう信じこんだ」

「伊坂さま。いったい、何を仰《おっしゃ》っているのです」

南雲が必死の形相で唾を飛ばす。

八郎兵衛は諭すようにつづけた。

「よいか勘助、陣五郎は十和田湖の社に神剣があると突きとめたのだ。足跡を追う鎧崎はそれと察し、さっそく出向いてみたが、すでに遅かった。奥入瀬渓谷で網に掛かったのは陣五郎ではなく、われわれだったというわけさ」

「お待ちください。さっぱり、わけがわかりませぬ」

「わからぬであろうな。おぬしは一介の同心にすぎぬ。こたびの旅で見たこと聞いたことを、逐一、遠山金の字へ報告するのが役目だ。おぬしの報告は弘前藩津軽家を窮地に追いこむはずであった。そうなれば喜ぶ連中がおったのだ。ふん、まあよい。まわりくどい説明はやめよう。おぬしの役目は終わりだ。大浦屋が申すとおり、江戸へ帰れ」

「伊坂さまは」

「わしは江戸へ帰っても仕方ない。待つ者もおらぬしな」

「遠山さまがお待ちです」

「ふふ、首を洗って待っておるかもしれぬ」

「え、何を仰います」

鶏のように目を剝く南雲に向かって、八郎兵衛は凄みのある笑みを浮かべた。

「そう考えるのは早計かもしれぬが、こたびの企てに絡んでおったとすれば、金の字とて容赦はせぬ」

「こたびの企てとはいったい何ですか。大目付さまや御老中がなぜ、弘前藩を潰《つぶ》さねばならぬのです」

「知るか」

「そこが肝心なところでしょう」

重臣どもの思惑など知らぬ。正直、どうでもよい。知ったところで、怒りはおさまらぬであろう。

「どのような事情があろうとも、人を謀《たばか》って目途を遂げようとする者は報いを受けねばならぬ。たとえ、誰であろうとな」

八郎兵衛は起ちあがり、二十三をきっと睨みつけた。

元盗人の成りあがり者は、畳に目を落としたままだ。

この男とて、詳しい裏事情など知る由もなかろう。

「勘助、さらばだ」

「お待ちください」

追いすがる南雲の腕を振りほどき、八郎兵衛は廊下へ飛びだした。

八

下北半島の恐山には、死者の霊が集まるという。

青森から恐山へ近づくには、奥州路をひとまず南部領内までもどらねばならない。津軽と南部の境塚がある四ツ森までは十里足らず、途中、浅虫で難所の善知鳥崎を越えていく。

おなじ善知鳥でも鳥の名ではなく、こちらは蝦夷地のアイヌの使う「突起《ウトウ》」という言葉に由来する。古い記録にも「往来嶮岨《けんそ》の岬」と記され、越後の親不知《おやしらず》とともに二大険路と呼ばれた。

たしかに、懐《ふところ》の深い湾内であるにもかかわらず、打ちよせる波は荒い。

だが、八郎兵衛にとっては何ほどのこともなかった。

難所も藩境も難なく駈けぬけ、南部領の狩場《かりば》沢《さわ》、馬門《まかど》と過ぎて、翌日中には野辺地へたどりついた。

野辺地は盛岡藩最北の湊町だ。浜辺に点在する石灯籠《いしどうろう》には火が灯り、常夜灯の役目を果たしている。煎海鼠《いりこ》や干鮑《ほしあわび》といった俵物《たわらもの》を満載にした北前船がこの入江から出帆し、日本海側を南下する西廻航路で長崎へ向かう。

　ここが恐山への起点となる。

　田名部《たなぶ》道は南部の侍たちで固められていた。

　仮の関所には馬防柵までが設けられ、鼠《ねずみ》一匹通さぬ覚悟にみえる。

　陣頭指揮に立っているのは、鎧崎桂馬にほかならない。

　槍を抱えた番士たちが警邏《けいら》にやってきたので、八郎兵衛は深編笠をさげた。

「もし、お侍《さむれ》えさま」

　呼びとめられて振りむくと、白装束の老いた巫女《みこ》が立っている。

　神憑《かみがか》りになって霊魂を呼びおろす、口寄《くちよせ》で知られるイタコだった。

「田名部へお行きなさるだか」

「そのつもりだが」

「はやまるでねえよ」

「なんだと」

「死相が浮かんでおられるだよ」

「縁起でもないことを申すな」

「おらはイタコだ。おめえさまの行く末がみえるだよ」

「どうせ人は死ぬ。いつかはな」

「そらそうさ。だども、成仏できるかどうかだでな」

「成仏できねばどうなる」

「泣きながらお山をさまようのさ。寒い寒いと言うてなあ」

八郎兵衛は、イタコから顔を背けた。

「やっぱり、お行きなさるだか」

「ああ」

「おらは春《はる》と申しますだ。おめえさまとおんなじ目をしたおなごを知っておる。梅という若《わけ》えおなごでな、宇曾利山湖に身を投げただよ」

「え」

「もう、十七年前のはなしだで。ちょうど今頃、お山開きのころじゃった。きっと、あのおなごも成仏しておらぬじゃろう」

背筋に悪寒《おかん》が走りぬけた。

十七年前に身投げした女と、葛巻伊織の妻であった女の面影がかさなったのだ。

ひょっとして、梅はこの世の者ではないのか。

いや、そうであるはずはない。

イタコが口にした女は、別人の梅にきまっている。

八郎兵衛は懐中に手を入れ、産着《むつき》をぎゅっと握りしめた。

「お侍《さむれ》えさま。どうしたね、蒼い顔して」

「……い、いや、何でもない」

「その風体では捕まるよ」

春は歯の抜けた口をにゅっとひらき、柵のほうへ顎をしゃくった。

「残忍な盗人が神剣を携え、田名部道へ逃げこんだ。南部のお侍えたちが躍起になって捜しておるだよ。おらだちは田名部の常念寺《じょうねんじ》へ向かう。お山へ行きてえなら従《つ》いてきたらええ」

八郎兵衛が素直にうなずくと、どこからともなく遍路装束の連中が集まってきた。女もいれば男もいる。年齢はまちまちで、侍も町人もまじっていた。どうやら、先立ってしまった者の供養にむかう一団のようだ。さっそく、八郎兵衛も貸してもらった白装束に着替え、イタコの春にみちびかれて列のなかへ紛れこんだ。

巨大な斧《おの》の付け根に位置する野辺地から田名部までは、下北半島の西端をひたすら北上する。道程は十四里余り、凍《い》てついた陸奥湾を眺めながら歩きつづけ、たっぷり二日はかかった。

常念寺で本尊の阿弥陀如来を拝んだのち、春に礼を告げて寺を出た。

ここは陸奥の北のまた北、生身の者が徒歩でたどりつくことのできる最涯ての地でもある。

おもいかえしてみれば、ろくでもない人生を歩んできた。

江戸を捨て、当て所《ど》もない旅に出た。東海道、北国街道、中山道と渡りあるき、用心棒稼業に身を窶《やつ》した。

酒を呷《あお》っては人を斬り、酒臭い息を吐きながら、また人を斬る。

死に場所を求めて修羅の道を歩みつづけ、気づいてみれば人の道を外れていた。

人の道から外れたものを、外道《げどう》と呼ぶ。

「わしは外道だ」

この地で死んでもよいと、八郎兵衛はおもった。

ただ、できることなら、罪深きおこないの数々を帳消しにしてほしい。できることなら、成仏させてほしいと、常念寺の阿弥陀如来に祈った。

八郎兵衛は宵闇に紛れ、捕り方の網を擦《す》りぬけた。

恐山へつづく宇曾利《うそり》山道《やまみち》には、篝火《かがりび》が盆の迎え火のように点々と焚《た》かれている。闇に目を凝らせば胴丸を着けた足軽どもが行き交い、耳を澄ませば草摺《くさず》りの音が聞こえてくる。

ここは合戦場ではあるまいかと錯覚してしまうほどの物々しさに包まれ、窮鼠《きゅうそ》となった盗人一匹を捕らえるために、なぜ、これだけの兵力を必要とするのか首を捻《ひね》りたくなった。

「神剣が盗人を魔物に変えよった」

「ああ、優に五十人は斬り殺されたらしい」

篝火の陰から、足軽どもの話し声が聞こえてきた。

「さすがの鎧崎さまも、あれでは手が出せぬ」

「じゃが、盗人のやつはなぜ、恐山へ登ったのであろうな」

「死に場所を求めて行きおったのじゃ、決まっておろうが」

「それなら、ひとりで死にゃいい。南部侍を何人も道連れにしおって」

「口惜しいが、わしらにゃどうにもできん。なにせ、やつは魔物じゃからのう」

群雲が風に散り、眉よりも細い月が顔をみせた。

暦は卯月《うづき》、北の霊山は凍えるほど寒く、来る者を峻拒《しゅんきょ》していた。

田名部川の支流に沿って三里ほど遡り、長坂から湯坂《ゆざか》へいたる。

天に瞬《またた》く星は消え、暗澹《あんたん》とした闇に妖気が立ちこめはじめた。

参詣する者とていない。足軽どもの影も次第に減っていった。

ふと、みやれば、篝火が道の中途で途切れている。

何か得体の知れない、どんよりとした空気が垂れこめ、そのさきに淀《よど》んだ川が流れていた。

「三途の川か」

朱の太鼓橋の手前に、九尺の長槍を手にした大男が仁王立ちしている。

鎖《くさり》鉢巻きに鎖帷子《かたびら》、南部菱の描かれた胴丸を着けた男は、鎧崎桂馬であった。

八郎兵衛は、ためらわずに近づいていった。

「何だ、おぬしか」

拍子抜けするほど親しげな顔で、鎧崎はにっこり笑いかけてくる。

「わざわざ、死にに来たのか」

「まあな」

「ありがたい」

「なぜ」

「おぬしを屠《ほふ》る手間が省ける」

「ここでやりあえば、どちらも無事では済むまいぞ」

「それは困る」

「陣五郎のやつに、ずいぶん手を焼いておるようだな」

「南部の手練《てだれ》が五十人は斬られた。十和田神社から盗まれた神剣のせいよ。陣五郎は魔物になりよった」

「こうなることを予期しておったな」

「さよう。陣五郎が神剣を欲したときから、いざとなれば恐山へ誘いこみ、成敗する腹であった」

「おぬし、大目付の密偵か」

「どうとでもおもえ」

「黒幕は大目付跡部山城守の実兄、水野越前守忠邦だな」

否とも言わず、鎧崎は遠い目で語りはじめた。

「御老中の狙いは蝦夷地直轄、そのためには津軽に足掛かりがいる。肥沃な土地を有する津軽そのものも欲しい」

「それが狙いか」

天保《てんぽう》の飢饉《ききん》以来、幕府の財政は火の車となった。幕藩体制そのものが崩壊しかねぬほどの窮状を打開すべく、老中首座の水野忠邦は手荒な手段に打ってでた。

――弘前藩津軽家十万石の改易《かいえき》。

そのための口実をでっちあげるべく、陰謀を企てたのだ。

「津軽はさきの飢饉でひとりの餓死者も出さなかった。理由は隠し米の備蓄があったからよ。だが、たったそれだけの理由で十万石の大名を潰すことはできぬ」

そこで、大目付みずから出馬し、弘前藩の江戸家老と船手奉行を口説《くど》き、抜け荷に手を染めさせた。

外ケ浜に漂着した唐船《からぶね》を海賊船に仕立て、米相場を操る目途で千石船を襲撃させもした。さらに一方では、一連の悪事を証明してみせるために、江戸町奉行をも動かした。

「遠山景元は裏事情を知らぬのだな」

「さあて、本人に訊いてみねばわからぬ」

知らずに協力したのか、知っているにもかかわらず協力したのか、物事を大局から眺めて協力せざるを得ぬと判断したのか。

「ともあれ、遠山景元の命でおぬしらが動いた。高山右膳同様、もはや、使い道はのうなったがな」

「梅とは通じておったのか」

「知らぬ。あのおなごの素姓は聞いておらぬ」

「ほう」

「いずれにしろ、すべては津軽家を改易し、譜代を置くための布石であった。津軽の重臣どもには、さんざ甘い汁を吸わせてやったわ。その代償に十万石の寄る辺が消えてなくなるとも知らず、高山らは遊興に耽ったのよ」

「高山の手足となったのが、蝦夷屋利平こと百足の陣五郎だった」

「あやつはなまなかの盗人ではない。甘くみすぎておったわい」

陣五郎は津軽家から阿片《アヘン》を盗みとり、江戸大坂にばらまかれたくなかったら法外な値で買いとれと黒幕に交渉してきたのだという。

「見事に裏切ってくれたわ。そのせいで、高山は浮き足だった。あげくのはてには腹を切ろうとした。ご丁寧にも、大目付さまにそのかされた経過を綴《つづ》った奉書紙まで遺《のこ》してなあ」

「そうはさせじと、おぬしが斬った」

「さよう、自業自得とはこのことよ」

鎧崎は高山を斬殺したその足で、奥州路を遡ってきたのだ。

八郎兵衛たちとおなじように途中で神剣伝説を知り、神剣のありかをつきとめれば陣五郎に行きつくと考えた。

「船手奉行の松浪も葬るつもりでおったが、陣五郎のおかげで手間は省けた。肝心の陣五郎は神剣を手に入れ、容易ならざる敵になった」

「おぬし、十和田神社に奉じられた剣が天叢雲剣だと本気でおもったのか」

「おもうはずがない。鬼神と化した陣五郎を目《ま》の当たりにするまではな」

突如、太鼓橋の向こうから阿鼻叫喚《あびきょうかん》が聞こえてきた。

「くふふ、南部の侍どもが逃げてきよる」

鎧崎は不気味に笑い、腰に提げた嚢《のう》のなかから白い粉を鷲《わし》摑みにした。

粉を顔じゅうに塗りたくり、鼻の穴や歯茎に擦《こす》りつける。

「媚薬《びやく》じゃ、媚薬。けへへ」

具足を纏った一団が悲鳴をあげ、橋向こうから逃げかえってくる。

鎧崎は敢然《かんぜん》と振りかえり、頭上で長槍をぶんまわした。

「くりゃあ……っ」

間髪入れず、逃げてきた侍の喉《のど》を串刺しにする。

ぶしゅっと鮮血が噴き、鎧崎の醜悪な顔が返り血で染まった。

「莫迦め、ここで死ぬのも向こうで死ぬのもいっしょじゃ」

残りの侍どもは足を止め、橋のうえで立ち往生している。

「わしは三途の渡し守、いちど渡した者は二度と帰さぬぞ」

「うひぇっ」

「行くのだ、魔物を斃《たお》してこい」

哀れな連中は苛烈《かれつ》に尻を叩かれ、死地へ駆りだされていく。

八郎兵衛は、名状しがたい恐怖を感じた。

これほどの恐怖を感じたことが、これまでにあっただろうか。

「伊坂よ、おぬしも、ともに逝くか」

鎧崎は血の滴《したた》る長槍を構え、にたりと笑った。

三途の川を渡ったさきは無間地獄、二度と帰ることは許されぬ。

八郎兵衛は硫黄の臭気を嗅《か》ぎながら、橋の向こうを睨みつけた。

九

火山台地には篝火が煌々《こうこう》と焚かれ、白茶けた岩塊《がんかい》の転がる荒涼たる風景を照らしだしている。

林立する卒塔婆《そとば》、崖下にひろがる檜葉《ひば》の森、黒々とした水を湛《たた》えた宇曾利山湖、まさしく地獄と呼ぶにふさわしい景観のなかで、血達磨《ちだるま》の陣五郎は殺戮《さつりく》の鬼と化していた。

刃長二尺五寸ほどの天叢雲剣は、一見するとなんの変哲もない剣にみえる。

だが、神剣を縦横無尽に振りまわす陣五郎の立ちまわりは瞠目《どうもく》に値した。

「おい、陣五郎」

呼びかけても返答はない。

すでに、自分を見失っている。

「ええい、退《の》け、退け」

鎧崎は南部侍たちを押しのけ、前面へ躍りでた。

陣五郎が首を捻り、気味悪く笑いかけてくる。

「やっと来たか。遅かったのう」

声までが変調していた。

岩肌に砂を流したような、ざらついた声だ。

鎧崎は腰をどっしり落とし、長槍を構えた。

一方、陣五郎は、受けの姿勢を取る気もない。

棒のように佇み、両手をだらりとさげている。

「ふりゃ……っ」

長槍の鋭い一撃が、陣五郎の喉を襲った。

「もらったあ」

快哉《かいさい》を叫んだ鎧崎の長槍は空を突き、小脇《こわき》で易々《やすやす》と搦《から》めとられる。

「ぬおっ」

膂力自慢の大男が一歩も動けず、長槍を抜こうと必死にもがく。

「無駄じゃ」

陣五郎は左手でけら首を握ったまま、右手を高く振りあげた。

天叢雲剣が月影を帯び、蒼白い閃光を放つ。

——ぶん。

刃風が唸った。

「ぬわっ」

鎧崎が尻餅をつく。

太い長柄がなんと、まっぷたつに断たれていた。

「無駄と言ったはずだ」

「うぬ……ぬぬ」

鎧崎は長柄を捨て、腰の大刀を抜いた。

反りの深い刀を八相《はっそう》に掲げ、肩越しに陣五郎を睨みつける。

生き残った南部侍たちは息を呑み、勝負の行方を見守った。

「りゃ……っ」

鎧崎が土を蹴った。

峰を右肩に担ぎ、土煙を巻きあげて駈けよせる。

「ぬふふ」

陣五郎は長い舌で丹唇《くちびる》を嘗《な》めた。

「くわっ」

鎧崎は跳躍し、天に掲げた剛刀を大上段から振りおろす。

陣五郎は神剣を無造作に薙《な》ぎあげた。

――しゅっ。

閃光が走る。

「はうっ」

南部菱の胴丸が、瞬時にして両断された。

「おろっ」

臼《うす》のような上半身がどさりと落ち、下半身もつづいて倒れた。

鎧崎は斬られたことにすら気づかず、臓物を引きずりながら這おうとする。

そして、こときれた。

真っ赤な双眸を瞠り、死んでも陣五郎を睨みつけている。

「う、うわああ」

南部家の連中は恐怖におののき、刀を捨てて逃げだした。

残されたのは、八郎兵衛ただひとりだ。

「なぜ逃げぬ」

と、鬼に質された。

「鎧崎桂馬の死にざまを目にしたであろう。そやつは地獄に堕《お》ちても這いつくばるしかない。わしと闘っても無駄じゃ。それがわかっておるのに、なぜ逃げぬ」

「刺しちがえる覚悟さ」

「ふはっ、神剣を手にする者と互角にわたりあえるのか」

「それが神剣ならば、主人を選ぶはず」

「わしには扱えぬと」

「扱えるはずがない。おぬしには世のなかをひっくり返す度胸も才覚もない。ただのつまらぬ盗人だ」

「何だと」

「おぬしは剣に導かれて霊山へやってきた。耳を澄ましてみよ。ほれ、成仏できぬ者たちの霊魂が哭《な》いておろう」

陣五郎は眸子を瞑《つむ》り、じっと耳をかたむけた。

風が岩肌にぶつかり、人の発する声のように木霊《こだま》している。

「聞こえる、たしかにな」

「神剣は霊魂を慰めるために招じられた。おぬしは、ただの運び手にすぎぬ」

「ただの運び手」

「それがおぬしの運命《さだめ》。残念だが、その剣でわしは斬れぬ」

なぜか、そんな気がした。

陣五郎を斬るために、みずからも恐山へ導かれたのだとおもった。

「野良犬め、験《ため》してみるがいい」

「言われなくともな」

八郎兵衛は身を沈め、爪先《つまさき》を躙《にじ》りよせる。

愛刀の堀川国広は腰にあった。

ぎりぎりまで抜いてはならぬ。

陣風となって懐中へ飛びこみ、抜き際の一撃で仕留めるのだ。

大上段からの双手《もろて》豪撃《こわうち》、初太刀をしくじれば命はない。

「覚悟せい」

八郎兵衛は影となり、地を駈けぬけた。

刀を抜かず、撃尺の間合いを踏みこえる。

「かあっ」

怒声とともに、陣五郎の右手が高くあがった。

寒気が走る。

蒼白い光芒《こうぼう》に目を射抜かれた。

「うぬ」

ちがう。神剣などではない。

大上段に翳されたのは、刃こぼれのめだつ赤錆《さ》びた剣にすぎぬ。

「死ね」

剣が闇を裂き、鼻を殺《そ》ぐように通りすぎた。

「つあっ」

刹那、八郎兵衛は国広を抜いた。

白刃は煌《きら》めき、一気に振りおろされる。

「ぐひゃ……っ」

陣五郎の脳天に、物打が食いこんだ。

「そいっ」

勢いにまかせて、猛然と斬りさげる。

頭蓋がぱっくり割れ、左右の眼球が弾けとんだ。

陣五郎は大きく仰けぞり、大の字に倒れていく。

錆びた剣が手から転がりおちた。

八郎兵衛は微動だにせず、身に返り血を浴びている。

「くっ、目が」

血で曇って、何もみえぬ。

そのとき、頭上に一条の光が射した。

巨大な地蔵菩薩が浮遊し、さまよう数多の魂魄《こんぱく》が菩薩の掌《てのひら》に吸いこまれていく。

ありえない光景だった。

眸子を擦ってみると、地蔵菩薩は消えていた。

「ひい、ふう、みい……」

地に目を落とせば、こんどは幼い娘が石を積んでいる。

八郎兵衛は顎を突きだし、ふらつきながら歩みよった。

「おはつか」

幼子とみえた娘が、白い顔をこちらに向けた。

おはつではない。

「おぬしは……梅ではないか」

石を積む手を止めたのは、たしかに梅であった。

「そんなところで何をしておる」

「石を積んでおりまする」

「誰のために石を積む」

「おまえさまのために、ほほほ、ほほほ……」

薄闇に妖艶《ようえん》な笑い声が響いた。

気づいてみれば、梅のすがたはどこにもなかった。

十

八郎兵衛の背には、屍骸《むくろ》の山が築かれていた。

「すべて、まぼろしか」

きっとそうにちがいない。

錆びた剣を拾いあげ、崖っぷちまで歩みよる。

昏黒《こんこく》とした宇曾利山湖を眺めおろすと、何者かが喋りかけてきた。

「捨てるのか」

「ん」

「捨てるのか、宝剣を」

声の主が誰かは知っている。

右目と左腕を失った哀れな男だ。

「死神め」

八郎兵衛は剣を右手に提げ、首だけを捻りかえした。

葛巻伊織が片袖を風に靡《なび》かせている。

「ふふ、梅は疾《と》うに死んでおったわ。大殿の褥《しとね》で舌を噛《か》みきってなあ。梅はわしを恋慕しておった。大目付の密偵でありながら、わしのために役目を捨てた。それを知った途端、晴れ晴れとした気分になってなあ」

「何をほざいておるのか、ようわからんな」

「わしはな、梅を連れて恐山までまいったのよ。ところが、三途の川を渡ったところで梅は煙と消えた。代わりに、地蔵菩薩が天にあらわれた。その瞬間、すべての謎が氷解した」

「すべての謎」

「十七年前、宇曾利山湖に身を投げた若い女がいた。梅という名であったという。女は身を投げる直前、死んだ女房の回向にきた盗人に頼みごとをした。もし、盗人の娘が無事に成長を遂げたなら、自分の息子のことも回向してやってほしいとな。盗人は約束のしるしに純白の産着を手渡された」

盗人とはもちろん、長治のことだ。

「身投げした梅という女はな、南部侍の娘であったらしい。ところが、津軽の若侍と恋に落ち、密かに男子をもうけたのだ。津軽と南部は犬猿の仲、厳格な父は激昂し、若侍を殺してみずからも自害して果てた」

それだけなら、梅という女も恨みをのこさなかったであろう。

が、父親は生まれたばかりの赤ん坊まで突き殺してしまった。

恨むべき父親は死に、梅は恨みを抱えたまま入水《じゆすい》した。成仏できぬ魂は十七年の年月を経て、舌を噛んで死んだ葛巻伊織の妻女に憑依《ひようい》した。

「すべては、地蔵菩薩から告げられたはなしよ」

「嘘《うそ》だ。三途の川の手前で、おぬしが梅を殺《あや》めたのであろう」

罪の意識にさいなまれ、地蔵菩薩に縋《すが》りついた。そして、都合の良い夢をみさせてもらったにすぎぬと、八郎兵衛は吐きすてる。

葛巻は声をあげずに笑った。

「伊坂よ、信じるかどうかは勝手だ。ふたりの梅は死んでひとつになったのさ。すべては成仏できぬ梅の魂が導いたこと。わしもおぬしも鎧崎たちも、浮かばれぬ者たちを回向するために恐山へ集《つど》ったのよ」

八郎兵衛は懐中から産着を取りだし、じっとみつめた。

卒塔婆の点々とする霊場に佇んでいると、葛巻の語ったはなしが真実のようにおもえてくる。

「その産着、どうする」

「燃やす。それが長治の願いだ」

「ふむ、そうしてやれ」

葛巻は憑《つ》き物が落ちたような、こざっぱりした顔で言う。

さらに、八郎兵衛のもとへ、ゆっくり近づいてきた。

「そいつを寄こせ」

有無を言わさずに剣を奪いとり、そのまま崖っぷちまで悠然と歩を進め、ふわりと飛びおりた。

「あっ」

声を掛ける暇もない。

湖面に小さな水飛沫があがり、すぐに静寂が戻った。

五体から、すうっと力が抜けていく。

次第に闇が溶けはじめた。

八郎兵衛は燧石《ひうちいし》を叩き、産着に火をつけた。

「南無……」

燃えさかる炎をみつめ、短く経を唱える。

肩の荷が軽くなったと感じるのは気のせいか。

最涯ての地に来られたことを感謝せずにはいられない。

宇曾利山湖に背を向け、ふたたび、八郎兵衛は歩みだした。

濃密な靄《もや》の立ちこめるなか、卒塔婆を道標《みちしるべ》に三途の川をさがす。

朱の太鼓橋が、正面にぼんやりとみえてきた。

三途の川の向こうで、誰かが手を振っている。

「伊坂さま、伊坂さま」

必死に叫んでいるのは、南雲勘助にほかならない。

「おぬしか、何しにまいった」

八郎兵衛も負けじと叫びかえす。

「遠山さまから、新たなおことづけにござります。これだけは伊坂さまにお伝え申しあげろとご命じに。ゆえに、田名部道を駈けのぼってまいりました」

「言うてみろ」

「はい」

文によれば、遠山景元はある時点で水野忠邦の企てに気づいた。気づいていながらも、八郎兵衛たちに陸奥の旅をつづけさせたのだという。

「理由は何であれ、詮無きことをさせた報いは甘んじて受けねばなるまい。もし、首が欲しければ、江戸へ戻ってこい……遠山さまは、かように仰せです」

「ようわかった」

八郎兵衛は、にやりと笑った。

大股で一歩踏みだし、三途の川を渡りはじめた。

本書のプロフィール

本書は、二〇一三年八月に徳間文庫から刊行された同名作品を、加筆改稿して文庫化したものです。

小学館文庫

死《し》ぬがよく候《そうろう》〈四〉
風《かぜ》

著者 坂岡《さかおか》 真《しん》

二〇二〇年一月十二日 初版第一刷発行

発行人 飯田昌宏
発行所 株式会社 小学館
〒一〇一-八〇〇一
東京都千代田区一ツ橋二-三-一
電話 編集〇三-三二三〇-五九五九
販売〇三-五二八一-三五五五
印刷所――――中央精版印刷株式会社

この文庫の詳しい内容はインターネットで24時間ご覧になれます。
小学館公式ホームページ https://www.shogakukan.co.jp

ISBN978-4-09-406736-1